Die drei ??? *Kids*

Band 101

Geistermusik

Erzählt von Boris Pfeiffer

Mit Illustrationen von Stefani Kampmann

KOSMOS

Umschlag- und Innenillustrationen von Stefani Kampmann, Berlin
Grundlayout von der Peter Schmidt Group, Hamburg
Umschlaggestaltung von Sigrid Walter, Würzburg

»Geistermusik« ist der 101. Band der Reihe
»Die drei ??? Kids«.

MIX
Papier aus verantwortungsvollen Quellen
FSC® C014138

Gedruckt auf Cradle to Cradle Certified™ Munken Papier

ISBN: 978-3-440-18027-3
Redaktion: Susanne Stegbauer
Lektorat: Julia Smith
Produktion: DOPPELPUNKT, Stuttgart
Druck und Bindung: Finidr, s.r.o., Český Těšín
Printed in Czech Republic / Imprimé en République tchèque

Die drei ??? *Kids*
Geistermusik

Dunkler Keller

»Müssen wir wirklich da runter?« Peter Shaw blieb vor dem dunklen Kellereingang stehen und holte Luft. »Freunde, dieses uralte Schulgebäude mit seinen finsteren Mauern sieht schon so total zum Fürchten aus! Da habe ich wirklich kein Bedürfnis, jetzt auch noch in den Keller zu klettern. Schon gar nicht, wenn das Licht kaputt ist.« Vergeblich drückte er mehrere Male den Lichtschalter. Dann rümpfte er die Nase. »Außerdem, riecht doch mal, was da für eine muffige Luft hochkommt!«

Justus Jonas, der Anführer der drei ???, lachte. Mit seinem Onkel Titus waren die drei ??? in dessen blauem Pick-up in die *Topanga School of Music* gekommen, weil dort heute alte Möbel, Musikinstrumente und allerlei weitere Dinge billig verkauft wurden. Ein ›Großer Musikflohmarkt‹ war in der Zeitung angekündigt worden und Onkel Titus hatte sofort reagiert. Schließlich lebte der Altwarenhändler, der sein Gebrauchtwarencenter am Rande des kalifornischen Küstenstädtchens Rocky Beach betrieb, von guten Ankaufsgelegenheiten. Außerdem hoffte er, hier ein ganz besonderes Schnäppchen zu machen, wie er den drei ??? auf der Fahrt erzählt hatte.

Justus sah die dunkle Kellertreppe hinab, die direkt aus dem Innenhof der Schule unter das Gebäude führte. Er schnupperte. »Ich rieche nichts, was uns daran hindern könnte, diesen Keller gemeinsam zu betreten, Peter«, erklärte er dann. »Im Übrigen heißt es ›abgestandene Luft‹, was wir da wahrnehmen. Und die ist normal in alten Kellern, wenn es darin noch dazu etwas feucht ist!«

Vor den drei ??? führten viele ausgetretene Stufen steil hinab nach unten, und in der Tat schlug ihnen ein leicht moderiger Geruch entgegen.

»Wirklich, Zweiter«, fuhr Justus fort, »du solltest

mit ein bisschen mehr kühlem Verstand an die Sache herangehen. Insbesondere, wenn es sich um den Keller einer bekannten Musikschule handelt. In Schulen gibt es im Allgemeinen nichts zu befürchten außer Hausaufgaben oder schlechtem Mittagessen in der Kantine. Und bei einer Musikschule würde ich vermuten, dass da unten maximal vergammelte Notenhefte lagern, die ein wenig vor sich hin schimmeln ...«

Justus klopfte Peter beruhigend auf die Schulter. Dann fügte er mit einem breiten Lächeln hinzu: »Und wenn uns da unten gleich etwas großes Weißes vor Augen kommt, dann krieg bitte keinen Schreikrampf, sondern erinnere dich daran, dass wir in diesem Kellergewölbe einen weißen Konzertflügel zu finden hoffen.«

»Dem leider ein paar Tasten fehlen«, fügte der Dritte der drei ??? hinzu. Bob Andrews grinste vergnügt. »Und deswegen sieht er angeblich aus wie ein zahnloser Geist und wird von den Schülern hier ›Der Zahnlose‹ genannt.«

»Ja!«, flüsterte Peter. »Und genau das finde ich sehr unheimlich! Vergesst nicht, dass dieser Konzertflügel auch noch spuken soll. Das haben uns vorhin mehrere der Schülerinnen und Schüler hier gesagt! Dass das Ding nachts von alleine Musik macht!«

Justus lachte auf. »Musikschüler, die Konzertflügel spuken hören, haben wahrscheinlich einfach keine Lust mehr, jeden Tag auf ihnen zu üben.«

Bob kicherte. »Genau! Deswegen erfinden sie Gruselgeschichten, um lieber mal wieder eine Runde schwimmen zu gehen oder so. Wirklich, Peter, sei nicht so ein Angsthase. Der Flügel stammt von irgendjemand, der ihn der Schule vermacht hat. Und weil der ehemalige Schüler später berühmt geworden sein soll, haben die Lehrer den kaputten Flügel dann eben nicht weggeworfen, sondern in den Keller gestellt. Obwohl man ihn nicht mehr richtig benutzen konnte. Wer braucht auch schon einen Flügel, an dem viele Tasten fehlen?«

»Onkel Titus!«, warf Justus ein. »Er ist der festen Überzeugung, er könne Tante Mathilda darauf in drei Tagen zu ihrem Geburtstag ein hübsches Ständchen bringen. Und da der tastenlose Flügel nur ein paar Dollar kosten soll, möchte er ihn gerne mitnehmen und dann bei uns auf dem Schrottplatz instand setzen.«

»Woher wusste er überhaupt von dem Ding?«, fragte Bob.

Justus grinste. »In der Zeitungsanzeige stand, dass es für Sammler sicher einiges zu entdecken gebe. Unter anderem einen alten Flügel. Als Gebrauchtwarenhändler muss man eben ein gutes Näschen für solche Gelegenheiten entwickeln. Und das hat Onkel Titus nun mal ganz eindeutig!«

»Nur deswegen müssen wir in einen finsteren Keller, aus dem es hoffentlich nur nach Schimmel und toten Mäusen riecht und nicht auch noch nach Geisterschleim«, brummte Peter. »Und natürlich muss wieder mal ich als Erster die dunkle Treppe runter. Peter Shaw, der Gespensterjäger.«

»Ganz genau«, erklärte Bob. »Denn wenn die toten Mäuse sich als Vampirmäuse entpuppen und

einen von uns anbeißen wollen, bist du der Schnellste beim Rückzug!«

»Weil du der Sportlichste von uns bist«, fügte Justus hinzu. »Und jetzt geh endlich los. Wir werden das Ding gleich hochtragen müssen und das wird noch anstrengend genug.« Justus stupste Peter an. Er zog eine Taschenlampe hervor und schaltete sie ein. »Los!«

Peter setzte den Fuß auf die erste Stufe. »Ich weiß ja, dass dein Onkel ein Plattensammler und Musikliebhaber ist. Aber gleich einen verrotteten alten

Flügel zu kaufen, nur um ein einziges Mal ein Lied darauf zu spielen, ist wirklich etwas übertrieben.«

»Nur Mut«, sagte Justus aufmunternd. »Außerdem ist es für Tante Mathildas Geburtstag! Das ist ja wohl ein ganz besonderer Tag!«

Die drei ??? machten sich auf den Weg die Kellertreppe hinab. Dabei ließ Justus den Strahl der Taschenlampe hin und her wandern. Bob lachte fröhlich. »Ich finde auch, dass für Tante Mathildas Geburtstag gar nichts übertrieben ist! So viel Kirschkuchen, wie sie schon für uns alle gebacken hat!«

Bei seiner Tante Mathilda und seinem Onkel Titus lebte Justus Jonas, seit er fünf Jahre alt war. Denn damals waren seine Eltern bei einem Unfall ums Leben gekommen. Doch hatte Justus das große Glück gehabt, dass seine beiden nächsten Verwandten ihn bei sich aufgenommen und ihm ein neues und liebevolles Zuhause geschenkt hatten.

»Wir sind unten!« Peter folgte einem kurzen Gang, der in einen großen Kellerraum mündete. Er trat aus dem Lichtstrahl und blieb stehen. Vorsichtig streckte er den Kopf in die Dunkelheit.

»Siehst du etwas?«, fragte Bob. Peter stöhnte: »Ja, ein Skelett von einem Flügel.«

»Das wird wohl das Objekt unserer Begierde sein«, gab Justus ruhig zurück. »Zum Glück geht es hier nicht noch sieben Kilometer weiter in dunkle Gänge. Unser zahnloser Freund scheint ja direkt auf uns gewartet zu haben. Kollegen, wir sind am Ziel! Zumindest am Ziel der ersten Etappe, anschließend geht es nur noch nach oben.«

Erstaunlicher Fund

Justus richtete den Strahl seiner Taschenlampe an Peter vorbei auf das weiß schimmernde Instrument. Sofort fuhr Peter heftig zusammen.

»Was ist das denn?«, rief er erschrocken.

Unter dem lauten Ruf zuckte Justus zurück und das Licht seiner Lampe flackerte kurz hin und her. Dabei funkelte es vor den drei ??? plötzlich hell auf und es sah aus, als starrten ihnen hunderte von Katzenaugen entgegen.

»Seht ihr das auch?«, keuchte Peter. »Geisteraugen! Und zwar viele! Sehr, sehr viele! Flügel haben keine Augen, Freunde! Weg hier! Da hockt eine ganze Horde Gespenster! Geht da bloß nicht näher ran. Nein, besser noch: Rückzug, und zwar schnellstmöglicher Rückzug!«

Peter drehte sich um. Doch da packte ihn Justus und hielt ihn fest.

»Peter, beruhige dich!« Justus drängte sich entschlossen an seinem Freund vorbei und trat auf das funkelnde Etwas zu.

Im Licht seiner Taschenlampe erschien ein weißer Flügel, der einsam und verlassen in der Dunkelheit stand. »Wunderbar!«, meinte Justus. »Guckt euch das an! Peters Geisteraugen sind in Wirklichkeit Glassteine, sogenannte Strasssteine. Die sind zur Zierde in großer Menge auf dem alten Klimperkasten angebracht. Und ich bin sicher, dass sie auf einer lichtüberfluteten Bühne wie Diamanten funkeln und einen ganz besonderen Show-Zauber verbreiten.«

»Du solltest Musical-Regisseur werden, Just«, grinste Bob. »Aber stimmt, die Dinger haben im Licht deiner Taschenlampe aufgeleuchtet«, fügte er dann hinzu. »Das sieht ja wirklich fast aus wie in Aladins Schatzhöhle.«

»Al... wer? Höhle ... was?«, ächzte Peter.

»Aladin«, rief Bob. »Das ist ein Märchenheld aus 1001 Nacht, der den größten Schatz aller Zeiten findet, nämlich eine Höhle voll Gold und Edelsteine.«

»Na, einmalig«, seufzte Peter, klang dabei aber immerhin etwas erleichtert. »Und ihr meint, wir haben hier auch einen Schatz gefunden? Ist das Ding etwa wertvoll?«

»Sicher nicht wirklich, aber was Onkel Titus' Wunsch angeht, schon!«, lachte Justus zufrieden.

Er klemmte seine Taschenlampe in den Hosenbund und legte seine Hände an die Unterkante des Flügels. Dieser war groß, aber nicht so groß wie die Flügel, die man sonst auf Konzertbühnen sah. Dafür war er tatsächlich über und über mit glitzernden Glassteinchen besetzt.

»Jetzt heißt es nur noch, den nach oben zu schleppen!« Justus versuchte, das Instrument anzuheben – ohne Erfolg. »Könnt ihr mal bitte mitmachen!«

Bob packte an der anderen Seite des Tasteninstruments mit an. Doch auch zu zweit ließ es sich keinen Zentimeter bewegen. »Puh! Das Monster werden wir nie und nimmer nach oben bringen!«

Peter trat hinzu und stemmte sich gegen die dritte Seite des Flügels. »Nein!«, stöhnte er dann. »Das schaffen wir nicht alleine! Da brauchen wir mindestens die Hilfe deines Onkels, Just!«

»Ich glaube, du hast recht!« Justus lief zurück zur untersten Stufe der Kellertreppe und rief mit lauter Stimme hinauf: »Onkel Titus! Wir haben den Flügel gefunden, aber er ist zu schwer für uns!« Dann lauschte er.

Gleich darauf kam von oben die Antwort: »Wunderbar, Justus! Komme … Ich muss nur noch ein paar Notenständer aufladen.«

Keine zwei Minuten später stand Justus' Onkel neben den drei ???. Und er war nicht alleine. An seiner Seite war der Hausmeister der Schule, der Onkel Titus zuvor bereits als ersten Besucher des Flohmarktes begrüßt hatte. Der grauhaarige Mann trug einen blauen Overall mit einem Namensschild, das ihn als Eddi Kane auswies.

»Oh, ist das herrlich!«, freute sich Onkel Titus. »Großartig, Jungs! Ich habe gleich Mr Kane mitgebracht. Er wird uns helfen.« Onkel Titus musterte das Instrument genau. »Ich bin überzeugt, wenn ich es schaffe, diesen Flügel wiederzubeleben, und Mathilda darauf ein Geburtstagslied spiele, dann wird sie mir ihr Herz auch für die nächsten 100 Jahre zu Füßen legen.« Er seufzte. »Das habt ihr gut gemacht! Ach was! Nicht nur gut, sondern großartig! Und jetzt hoch damit!« Er sah den Hausmeister an. »Danke, Mr Kane, dass Sie mit anfassen.«

»Dafür bin ich da«, murmelte der Hausmeister. »Für die Musik sind hier die anderen zuständig. Ich mache die groben Arbeiten.«

Bob hob eine Hand. »Mr Jonas, sollten Sie nicht lieber erst einmal die Tasten anschlagen, ehe wir das Ding nach oben schleppen?«

»Oh, ja! Sicher doch!« Onkel Titus legte seine Hände auf die Tastatur und spielte ein paar Töne. Dazu sang er leise:

»Kräht der Hahn am frühen Morgen,
kräht er laut und kräht er weit:
›Guten Morgen, Mathilda,
dein Geburtstag, der ist heut!‹«

Doch im Gegensatz zu Onkel Titus' fröhlichem Gesang klang der alte Flügel wie ein trauriger Klimperkasten auf einem Jahrmarkt. »Das hört sich aber nicht besonders wohlklingend an«, bemerkte Peter.

»Doch, doch, das ist wunderbar«, erklärte der Altwarenhändler. »Ich werde es schon schaffen, die Saiten richtig zu spannen. Und mit ein paar schiefen Tönen kann ich außerdem leben. Die passen zu meiner nicht gerade weltberühmten Gesangsstimme.«

Der Hausmeister, Mr Kane, lachte. »Sie haben doch jeden Ton sauber getroffen, Mr Jonas.«

»Oh, danke für das Lob«, erwiderte Onkel Titus. »Wie auch immer, ich nehme den Flügel. Ein paar Klaviertasten habe ich sicherlich noch in meinem Wertstoff-Fundus. Da wird meine Frau Mathilda an ihrem Geburtstag bestimmt Augen und Ohren machen, wenn ich mit so einem ganz besonderen Schmuckstück für sie singe und spiele!«

Der Hausmeister sah Onkel Titus an. »Sie mögen alte kaputte Dinge?«

Bob grinste. Justus' Onkel nannte alle seine Waren, die er in seinem Gebrauchtwarencenter anbot, Wertstoffe, da er der unumstößlichen Überzeugung war, kein Ding sei je so alt oder abgenutzt, dass es nicht noch einen Menschen gebe, der damit etwas anzufangen wisse. Und dies gab er auch gerne jedes Mal von sich, wenn es sich irgendwie anbringen ließ.

In diesem Moment nickte Onkel Titus eifrig. »Oh, ja, Mr Kane!«, rief er. »Kein Ding ist so alt oder kaputt, dass es nicht noch einen Menschen gibt, der damit etwas anzufangen weiß.«

Der Hausmeister schmunzelte. »Dann viel Glück mit dem Ding. Die Schüler hier meinen ja, dass es darin spukt. Die werden froh sein, dass er wegkommt.« Er fuhr dem Flügel mit der Hand über eine Kante und tätschelte ihn wie einen alten Freund.

»Sind Sie nicht auch froh, dass Sie ihn los sind?«,

fragte Peter. »Mit dieser zahnlosen Tastatur sieht der doch wirklich unheimlich aus.«

Mr Kane zuckte die Schultern. »Alles geht vorbei, auch das Leben von weißen Flügeln.«

Bob und Justus grinsten.

Peter dagegen seufzte. »Und die Ersatzteile zur Reparatur dürfen doch bestimmt wieder wir zusammensuchen.«

»Nicht nur das, ihr müsst sogar einen Teil der Reparatur übernehmen«, erklärte Onkel Titus. »Denn schließlich darf Mathilda nichts von dem Flügel bemerken. Sonst wäre es ja keine Überraschung mehr.«

»Und wenn schon«, meinte Bob. »Ich finde es spannend, mal ein paar alte Tasten an einem Flügel anzubringen. Das ist so, als würde man einer Taube einen gebrochenen Flügel schienen, damit sie wieder fliegen kann.«

Mr Kane sah Bob erstaunt an.

»Oje«, stöhnte Peter. Aber dann nickte er. »Okay, schaffen wir das Ding nach oben. Zum Glück ist es ja nicht riesengroß, sondern nur fast riesengroß.«

Überraschendes Angebot

Die drei ??? begaben sich an eine Seite des Instruments und Onkel Titus und der Hausmeister an die andere. Dann gingen alle gleichzeitig in die Knie und hoben mit vereinten Kräften an.

»Es klappt«, stöhnte Bob.

»Ja, das geht!«, befand auch Justus.

»Ja, ja«, ächzte Peter. »Trotzdem finde ich ...«

»Komm schon, Zweiter«, unterbrach ihn Justus. »Warum muss eigentlich immer der Sportlichste von uns dreien am lautesten stöhnen? Wir schaffen das!« So leise, dass Onkel Titus und Mr Kane es nicht hören konnten, fügte er hinzu: »Die drei ??? haben schließlich noch immer jeden noch so schweren Fall gelöst.«

Auch diesmal irrte sich der Anführer der drei ??? nicht.

Mit vereinten Kräften trugen die Freunde und die beiden Erwachsenen den alten Flügel langsam über die dunkle Kellertreppe nach oben. Ja, Eddi Kane pfiff dabei sogar leise das Lied vor sich hin, das Onkel Titus eben gespielt und gesungen hatte.

»Anders als er eben behauptet hat, scheint Mr Kane doch ein ziemlich musikalischer Mensch zu sein«, sagte Bob leise.

Als sie an der letzten Stufe angekommen waren und den Flügel schließlich mit einigen Verrenkungen durch die Kellertür ins Freie gehievt hatten, schallte ihnen plötzlich eine aufgeregte Stimme entgegen: »Halt! Oh, nein! Was ist das denn?! Sofort stehen bleiben! Ist das etwa ein weißer Flügel?« Die unbekannte Stimme lachte erfreut. »Ein uralter, kaputter weißer Flügel aus den Anfangszeiten des Showbusiness! Herrlich! Nicht mehr zu benutzen, aber ganz hübsch. Genau das, was ich für meine Eingangshalle suche.«

Hinter dem Flügel tauchte ein blonder Haarschopf auf.

»Hallo, meine lieben Möbelpacker! Ich bin Susan Sevilla. Da habt ihr aber ein schönes Klapperstück aus dem Keller angeschleppt. Es zerfällt ja schon in seine Einzelteile. Oh, und einige Stellen sehen sogar fast verfault aus! Na, kein Wunder, wenn man ein Holzinstrument in einem feuchten Keller lagert. Aber ihr habt riesiges Glück. Ich brauche genau so ein ehemaliges Schmuckstück für den Eingang meines Musikstudios. Wenn man es desinfiziert und den ekelhaften Geruch wegbekommt, dann könnte es die emporstrebenden Musikerinnen und Musiker lehren, dass nur diejenigen auf Dauer Erfolg haben können, die sich nicht im Dunkeln verkriechen, sondern stets das gleißende Licht der Öffentlichkeit suchen. Denn nur sich regen bringt Segen!«

Die Frau, zu der die Stimme gehörte, trat hinter dem Flügel hervor. Sie war klein, blond und lächelte strahlend. »Ich gebe euch 30 Dollar für den alten Kasten.«

Der Hausmeister sah sie neugierig an.

Peter richtete sich auf. »30 Dollar?«, rief er. »Wir haben das Ding gerade zu fünft hier hochgetragen. Alleine die Arbeit ist mehr wert.«

»Aber nein«, lächelte die Frau. »Das Instrument ist in Wahrheit gerade mal fünf Dollar wert und eure Arbeit höchstens auch. Schließlich seid ihr jung und kräftig. Und der Hausmeister ist doch sicherlich fest hier angestellt und bekommt sein Monatsgehalt von der Schule. Eigentlich sollte ich euch also nach Adam Riese genau zehn Dollar anbieten. Kommt, Jungs, ihr entrümpelt die Schule und alle freuen sich darüber. Ihr tut eine gute Tat. Da nimmt man im Allgemeinen gar kein Geld für. Aber ich habe ein großes Herz! Und das, obwohl die Tasten des bemitleidenswerten Stücks aussehen wie wirklich schlimme Zahnlücken. Also einverstanden, 50 Dollar für euch und ihr bringt mir den kaputten Flügel dafür noch zu der Adresse, die ich euch sage.«

Peter sah Justus und Bob an und formte stumm mit den Lippen: »50 Dollar! Das ist ein super Angebot für den Schrott ...«

Doch in diesem Moment schüttelte Onkel Titus den Kopf.

»Nein«, verkündete er. »Das Instrument ist nicht zu verkaufen, Miss Sevilla. Das kommt zu mir. Los, Jungs, ab damit auf den Pick-up.«

Mondscheinattacke

Als die drei ??? mit Onkel Titus auf dem Schrottplatz ankamen, war es bereits dunkel.

»Glück gehabt«, lachte der Schrotthändler. »Bringt den Flügel schnell in meinen Schuppen, dann sieht ihn Mathilda nicht. Und ich stelle solange die Kiste mit den Notenständern ab.« In seinem Schuppen bewahrte er alles auf, was ihm besonders kostbar und teuer war.

»Klar doch, Onkel Titus«, flüsterte Justus.

Während die drei ??? das Instrument so schnell und leise wie möglich vom Pick-up hievten und auf einem Möbelroller in den Schuppen fuhren, bemerkte Bob etwas. »Seht mal, da steht ein Name mit Goldlack geschrieben auf dem Deckel über den Tasten. Das ist mir vorhin gar nicht aufgefallen: *F. Long*.«

»Das ist normal«, erwiderte Justus. »Auf jedem Flügel steht doch der Name der Herstellerfirma. So wie zum Beispiel *C. Bechstein*.«

»Der ist berühmt!«, entfuhr es Peter. »Die Firma kenne sogar ich.«

Bob nickte. »Stimmt, das C. steht für Carl. Und dieser Carl Bechstein war ein Deutscher. Aber F. Long habe ich noch nie gehört.«

»Dann wird der Flügel eben nicht gerade ein Konzertflügel für die größten Pianisten der Welt sein«, meinte Justus. »Oder sein Erbauer ist einfach nicht so berühmt. Mir ist der Name nämlich auch unbekannt. Aber das ist ja auch nicht so wichtig. Ob Onkel Titus sein Lied auf einem weltberühmten und sehr teuren Instrument spielt oder auf einem Flügel für Normalsterbliche, wird für Tante Mathilda keine Rolle spielen. Von Bedeutung ist einzig und alleine, dass er für sie Musik macht.« Die drei ??? rollten das Instrument in den Schuppen und versteckten es dort in der hintersten Ecke, sodass man es beim ersten Blick durch die Tür nicht bemerkte.

»Freunde!«, sagte Peter, als sie fertig waren. Er zeigte auf einen alten Wecker, der auf Onkel Titus' Werkbank vor sich hin tickte. »Es ist schon ziemlich spät. Wir wollten doch irgendwann in dieser Woche einmal in Hängematten auf dem Schrottplatz übernachten. Habt ihr Lust, das heute Nacht zu machen? Warm genug ist es allemal.«

»Eine super Idee!«, rief Bob. »Dann können wir morgen früh zusammen Kirschkuchen frühstücken.«

Justus leckte sich über die Lippen. »Der Vorschlag gefällt mir auch. Und anschließend pilgern wir gemeinsam zum Strand und sammeln für Tante Mathilda die schönsten Muscheln, die wir finden können. Daraus können wir ihr zum Geburtstag ein Muschelglas basteln.«

»Was soll das sein?«, fragte Bob.

»Wir nehmen ein großes Marmeladenglas, füllen die Muscheln hinein und legen eine bunte LED-Lichterkette mit Batterie dazwischen. Das sieht toll aus, wenn man das abends auf der Veranda anmacht«, erklärte Justus.

»Okay«, befand Bob. »Deine Tante hat in drei Tagen Geburtstag, das schaffen wir.«

»Au ja!«, freute sich Peter. »Von hier zum Strand ist es näher als aus der Stadt und meine Badehose habe ich sowieso immer im Rucksack dabei.«

»Ich auch«, sagte Bob. »Schließlich ist es Sommer.«

Die beiden riefen rasch ihre Eltern an, die nichts gegen die Übernachtung bei Justus einzuwenden hatten. Genauso wenig wie Onkel Titus und Tante Mathilda.

Die Hängematten, in denen die drei ??? schlafen würden, waren schnell aufgespannt. Die Freunde befestigten sie im Inneren eines alten Lastwagens, dessen räderlose Karosserie ein Stück aus einem Schrottberg herausragte.

»Hängematten in einem Lastwagen in einem Schrottberg«, freute sich Bob. »Das ist besser als jedes Hotel!«

Während sich die Nacht über den Schrottplatz senkte, unterhielten sich die drei ??? noch eine Weile über ihre letzten Fälle und die geplante Muschelsuche am nächsten Tag. Doch bald fielen ihnen die Augen zu und in der alten Lastwagenkarosserie war nichts mehr zu hören außer den friedlichen Atemzügen der drei Detektive.

Plötzlich aber schreckte Peter aus dem Schlaf. Irgendetwas hatte ihn geweckt. Es war stockfinster und mitten in der Nacht. Peter lauschte in die Dunkelheit. Bob und Justus atmeten gleichmäßig. Sie schliefen offenbar tief und fest. Doch der Zweite der

drei Detektive hatte etwas gehört. Da war er sich ganz sicher. Peter lauschte erneut. Und dann hörte er es wieder. Es klang, als würde jemand auf dem Flügel spielen. Peter hob den Kopf. Er war schlagartig vollkommen wach. War das Onkel Titus, der in der Nacht übte? Nein!, dachte Peter. Das wäre verrückt, sicher wollte er seine Frau nicht wecken und ihr damit die Überraschung verderben.

Peter stieg vorsichtig aus seiner Hängematte, darum bemüht, kein Geräusch zu machen, und rüttelte seine Freunde wach. »Just, Bob! Aufwachen! Da ist was im Gange! Und zwar im Schuppen!«

Justus und Bob reagierten sofort. Peter beugte sich zu ihren Hängematten hinunter und wisperte: »Da ist was! Leise!« Er spürte mehr, als dass er sah, wie seine Freunde nickten.

Seite an Seite lauschten sie angestrengt. Immer noch waren die leisen Töne zu hören.

»Da spielt jemand auf dem Flügel«, flüsterte Bob. »Und zwar immer wieder die gleichen Töne, nur in irgendwie anderer Reihenfolge.«

»Nichts wie hin!«, befahl Justus. »Niemals ist das Onkel Titus um diese Zeit. Womöglich handelt es sich um einen Einbrecher!«

Im nächsten Moment schlichen die drei ??? über den nächtlichen Schrottplatz auf den Schuppen von Onkel Titus zu. Der Mond warf einen bleichen Schein über die Schrottberge, das Wohnhaus und den Schuppen. Und je näher sie diesem kamen, desto deutlicher vernahmen sie die Klänge hinter der Schuppentür.

»Wer kann das sein?«, zischte Bob.

»Das werden wir gleich wissen«, gab Justus ebenso leise zurück.

Doch da stolperte er über etwas und ein lautes Scheppern ertönte. Erschrocken hielt sich Justus an Peter fest, der ihn gerade noch auffing.

»Das war die Kiste mit den Notenständern«, ächzte der Anführer der drei ???.

Doch es war zu spät. Aus dem Schuppen erklang ein schräges Geräusch. Offensichtlich hatte dort jemand vor Schreck alle möglichen Tasten auf einmal angeschlagen. Sie hörten hastige Schritte, plötzlich schwang die Schuppentür weit auf und eine dunkle Gestalt schob sich in den Mondschein hinaus.

Sie kam direkt auf die drei ??? zu und streckte die Arme hoch in die Luft.

»Rückzug«, japste Peter. »Der unheimliche Klavierspieler will uns angreifen! Vielleicht spukt es in dem Ding ja wirklich!«

Doch dann drehte sich die Gestalt ruckartig um und sprintete quer über den Schrottplatz in Richtung Tor.

Das Gesicht oder die Haare waren nicht zu erkennen, denn der Kopf der Person war mit einer Kapuze bedeckt. Gleich darauf verschwand sie durch das Holztor auf die Straße.

»Hinterher!«, kommandierte Justus.

Doch Peter hielt ihn fest. »Bist du verrückt?«

»Im Gegenteil!« Justus riss sich los und flitzte zum Tor. Doch bevor er dort ankam, ertönte ein entsetzliches, überaus lautes Schrillen.

Justus drehte sich vor Schreck einmal um sich selbst. Das Geräusch war so laut und durchdrin-

gend, dass sich der Anführer der drei ??? schützend die Hände über die Ohren hielt. Genauso erging es Peter und Bob. Mit auf die Ohren gepressten Händen taumelten sie hinter Justus her und erreichten an seiner Seite den Ausgang auf die Straße.

Vorsichtig lugten die drei ??? um den Zaun. In diesem Augenblick hörte das ohrenbetäubende Geräusch auf. Tiefe Stille breitete sich aus.

Justus blickte die Straße entlang. Doch woher die unheimlichen Töne auch gekommen waren, mitsamt dem Lärm war auch das seltsame Wesen verschwunden. Die Straße lag bleich und verlassen im Mondlicht vor ihnen.

Justus nahm die Hände von den Ohren. »Wer auch immer das war, er ist uns entkommen«, murmelte er enttäuscht.

»Oder wir ihm«, keuchte Peter. »Und ich würde sagen, da haben wir riesiges Glück gehabt. Das war ja wohl die schlimmste Geistermusik, die ich je im Leben gehört habe. Das war wirklich, wirklich unheimlich!«

Geister-Flügel?

Justus schüttelte ungläubig den Kopf. »Das nennst du Glück, Peter, wenn ausgerechnet uns ein unbekannter Einbrecher entwischt? Ich frage mich vielmehr: Wer war das nur?«

Peter schnaufte. »Das muss kein Einbrecher gewesen sein! Diese unheimliche Gestalt hat doch ganz offensichtlich etwas mit dem alten Flügel zu tun. Mein Gefühl im Keller hat mich also doch nicht getrogen. Das ist ein Spuk-Instrument!«

»Und was war das für ein grauenhaftes Geklingel?«, ächzte Bob. »Das hat einem ja fast das Trommelfell zerrissen. So etwas habe ich noch nie im Leben gehört.«

Peter zitterte. »Geistermusik! Und wir haben den Geist gesehen, der auf dem Flügel gespielt hat!«

»Ja, natürlich ...«, brummte Justus unwirsch. »Und der alte Flügel ist selbst ein Gespenst mit Zahnlücken.«

»Willst du dich über mich lustig machen?«, fuhr Peter auf.

Justus bewegte sich auf den Schuppen zu. »Jedenfalls denke ich nicht, was du denkst. Kommt, wir müssen das untersuchen.«

»Warte«, widersprach Peter. »Wo ein Geist herkam, kann auch ein zweiter auftauchen. Vielleicht leben in diesem Ding noch mehr seltsame und unheimliche Gestalten. Und jedes Mal, wenn sie daraus hervorkommen, bricht eine weitere Taste ab.«

Justus stöhnte. »Was ist das denn für eine Gruselgeschichte? Wie kommst du überhaupt zu dieser wahrhaft wenig überzeugenden Annahme?«

»Weil wir den Geisterflügel womöglich aus seiner Ruhe aufgeschreckt haben, als wir ihn hierhergebracht haben«, schluckte Peter. »Da hat nämlich alles angefangen, als wir in diesen dunklen Keller gekrochen sind. Da hat das Ding auch schon so unheimlich gefunkelt. Die Musikschüler haben es doch auch gesagt! Wir hätten auf sie hören und den Flügel der Frau verkaufen sollen, die ihn haben wollte. Dann müsste die sich jetzt mit dem Spuk herumschlagen.«

»Hör auf, Peter!«, sagte Justus. »Das ist völliger Unsinn. Und sei leise. Wir können nur froh sein, dass Tante Mathilda sich nachts Ohrenstöpsel in die Ohren steckt, weil Onkel Titus nach besonders anstrengenden Tagen immer schnarcht. Dann kriegen ihn keine zehn Wecker wach. Und zum Glück war das gestern ein anstrengender Tag, denn sonst würden die beiden schon längst hier stehen und die Geburtstagsüberraschung wäre die längste Zeit eine Geburtstagsüberraschung gewesen.«

»Aber das ist kein Unsinn«, jammerte Peter. »Ihr habt es doch auch gehört. Und gesehen!«

»Richtig«, meinte Bob. »Trotzdem war das eben wohl eher kein Geist. Genauso wenig wie der Flügel im Keller ein Monster war oder jetzt ein Gespenster ausspuckendes Tor zur Unterwelt ist. *Du* siehst Gespenster, Peter.«

»Und das schreckliche Schrillen?«, fragte Peter. »Das war doch wohl eindeutig da!«

»Dem stimme ich zu«, erklärte Justus. »Aber jetzt ist es weg! Und deswegen gehen wir jetzt zu dem Flügel und sehen ihn uns genau an. Irgendjemand hat darauf gespielt. Und irgendjemand hat es geschafft, uns drei in Panik zu versetzen. Die Frage ist, wie und warum? Wer kommt mitten in der Nacht zum Schrottplatz ...«

»... Wertstoffhandel«, verbesserte Bob grinsend.

Justus lächelte. »... zum Wertstoffhandel, um auf einem halbverrotteten Flügel zu spielen, dem noch dazu einige Tasten fehlen! Los, Peter, wir müssen das nüchtern betrachten. So, wie wenn du dich auf dein Surfbrett stellst und die nächste große Welle angehst. Da hast du auch keine Angst!«

Diese Worte schienen zu wirken.

»Gut«, sagte Peter plötzlich. »Machen wir es! Untersuchen wir das Instrument. Du setzt sowieso immer deinen Kopf durch, Just. Gehen wir also in den Schuppen und riskieren mal wieder alles. Aber wenn ich dabei versteinert oder in eine piepsende Maus verwandelt werde, dann bist du verantwortlich dafür!«

»Einverstanden, Zweiter«, lächelte Justus. »Ich denke, diese Verantwortung kann ich guten Gewissens auf mich nehmen, obwohl ich eindeutig nicht über magische Kräfte verfüge.«

Peter straffte die Schultern.

»Dann gehe ich auch vor!«, erklärte er.

Mit hoch erhobenem Kopf ging er auf die alte Holztür zu, zog sie weit auf und betrat den Schuppen von Onkel Titus.

»Hier sind die drei ???«, murmelte er, »komme, was wolle!«

Der goldene Ring

Nacheinander traten die drei ??? in den Schuppen. Alles blieb still. Durch die weit offene Tür fiel das Mondlicht ins Innere. Vor ihnen stand der weiße Flügel. Doch er sah anders aus als am Abend vorher. Über dem Gehäuse stand der Deckel offen.

»Sag ich doch«, flüsterte Peter. »Da ist etwas rausgekommen!«

»Geister öffnen keine Klappen und Türen«, schnaufte Justus. »Wer selbst nichts wiegt, kann auch nichts bewegen. Und außerdem gehen sie doch sowieso viel lieber durch Wände.« Er nickte nachdenklich. »Aber irgendjemand hat diesen Deckel aufgemacht, das steht fest. Warum wohl?«

»Nun«, verkündete Bob, »ich denke, das bedeutet, jemand hat darin etwas gesucht.«

»Eine logische Erklärung«, meinte Justus. »Das wollte ich auch gerade sagen. Mal sehen, ob wir noch weitere Spuren in diese Richtung finden.«

Justus zog seine Taschenlampe hervor und ließ ihr Licht langsam über den Flügel wandern. Bis auf den offenen Deckel sah das Instrument unverändert aus. Justus leuchtete um den Flügel herum. Plötzlich blitzte auf dem Schuppenboden darunter etwas golden auf.

»Da!«, keuchte Peter. »Wieder so ein schimmerndes Etwas!«

»Hervorragend!« Justus ließ sich auf die Knie sinken und richtete den Strahl seiner Lampe auf das Fundstück. »Kein Geist!«, sagte er dann ruhig. Er beugte sich vor und hob einen golden schimmernden Ring auf.

»Fass den bloß nicht an«, zischte Peter. »Und steck ihn dir vor allem nicht an den Finger. Vielleicht ist er mit einem Fluch belegt!«

»Keine Angst, der Ring ist zu klein, um ihn anzustecken«, gab Justus zurück. »Aber was ist das über-

haupt für ein Ring?« Neugierig drehte er diesen hin und her. »Wow!«, sagte er dann. »Da ist was eingraviert!«

»Was? Das ist ja interessant!« Bob kniete sich neben Justus, um die Inschrift zu entziffern. »*F. Long*«, las er laut vor. »Da steht wieder dieser Name wie auf dem Flügel. Aber da ist noch etwas. Fünf Linien. Die sehen aus wie Notenlinien.«

»Und darauf sind vier Noten zu sehen«, fügte Justus hinzu. »Los, Bob, du kannst von uns am besten Noten lesen! Ist das ein Lied?« Bob holte Luft. Rasch legte Peter ihm eine Hand auf die Schulter. »Nicht vorsingen, Bob! Wer weiß, was das auslöst!«

Justus schlug sich mit der Hand an die Stirn. »Oh, richtig! Jetzt erkenne ich es! Das ist wirklich ein altes Geisterlied!« Mit zitternder Stimme begann Justus leise zu singen: »Hokuspokus Fidibus, dreimal schwarzer Kater! Peter wird ein Oktopus und fährt nie wieder Fahrrad.«

Bob kicherte leise. »Nein, Just, dein musikalisches Talent in allen Ehren, aber das hier sind nur vier Noten und kein ganzes Lied. Und ich wollte sie auch nicht singen, sondern euch die Notennamen sagen. Es sind die Töne: D – A – C und H.«

Er stutzte. »Moment mal …« Bob summte jetzt doch vor sich hin. »Das sind genau die Töne, die wir vorhin gehört haben.« Er summte wieder und sagte dann: »Ja, ich bin mir sicher. D … A … C und H.«

»Dach?«, fragte Justus. »Du hast eben ›Dach‹ buchstabiert, Bob.«

»Stimmt«, sagte Bob. »Das habe ich gar nicht bemerkt.«

Jetzt war auch Peter erstaunt. »Ich wusste gar nicht, dass man mit Noten Wörter schreiben kann.«

»Nicht sehr viele«, meinte Bob. »Aber grundsätzlich geht das natürlich. Und ihr habt recht, irgendjemand hat auf dem Flügel die Töne gespielt, die in Buchstabenform auch das Wort ›Dach‹ ergeben können.«

Justus legte Daumen und Zeigefinger an die Unterlippe und begann, sie nachdenklich zu kneten. Das tat er immer, wenn er über irgendetwas scharf nachdachte. »Und nachdem wer auch immer das getan hat, liegt unter dem Instrument dieser goldene Ring. Also sollten wir rausfinden, warum das der Fall ist, und natürlich ebenso, was es mit diesem Ring auf sich hat.«

»Unbedingt!«, stimmte Bob zu. »Aber nicht jetzt. Wenn wir jetzt weiter auf dem Flügel spielen, wird deine Tante doch noch wach und dann entdeckt sie ihre Geburtstagsüberraschung.«

»In der Tat«, bestätigte Justus. »Da müssen wir auf Nummer sicher gehen. Selbst der merkwürdigste Fall ist es nicht wert, Tante Mathilda den Geburtstag zu verderben.« Er steckte den goldenen Ring ein.

»Ich schlage vor, wir machen morgen früh weiter, nach frischem Kirschkuchen und hoffentlich einem heißen Kakao. Kommt, Freunde, ziehen wir uns zurück in die Hängematten. Das Schaukeln wird uns beruhigen und morgen früh sehen wir vielleicht klarer.«

Auf der Spur

Als die Sonne am nächsten Morgen aufging, schliefen die drei ??? nach ihrem nächtlichen Abenteuer noch tief und fest.

Erst Tante Mathildas fröhlich über den Schrottplatz schallende Stimme weckte sie: »Justus, Peter, Bob! Aufwachen! Ich habe frischen Kirschkuchen gebacken und es gibt heißen Kakao!«

Kurz darauf steckte Tante Mathilda ihren Kopf in den Unterschlupf der Langschläfer. »Was habt ihr denn gestern noch getrieben, dass ihr heute überhaupt nicht aus den Federn kommen wollt?«

Peter wachte als Erster auf. »Federn?«, murmelte er verschlafen. »Wir liegen in Hängematten, da gibt's keine Federn ...« Er riss die Augen auf und sah an sich hinab. »Nein, keine Federn, kein Mäusepelz und versteinert bin ich auch nicht!« Peter seufzte erleichtert und schaute sich um. Vor seinen Augen erstreckte sich der Schrottplatz und sah vollkommen ungefährlich und unschuldig aus. Die Sonne stand freundlich strahlend am Himmel.

»He, Justus, Bob! Aufwachen, ihr Schlafmützen!« Er sprang aus der Hängematte, trat aus dem alten Anhänger und lief an Tante Mathilda vorbei in Richtung Veranda.

Justus und Bob waren schnell auf den Beinen und folgten Peter ins Freie. Im Gegensatz zu ihm waren die beiden sofort hellwach und munter. »Es riecht nach Kirschkuchen und Kakao!«, jubelte Justus.

»Das habe ich doch eben gerufen«, wunderte sich Tante Mathilda, die zusammen mit ihnen zur Veranda kam. »Was ist nur manchmal mit diesen Jungen los? Hören sie einem gar nicht zu?«

»Das ist das jugendliche Alter!«, kam die Antwort von der Veranda. Onkel Titus saß vor einem dicken Sandwich mit Ei und Schinken und schlürfte genüsslich Kaffee aus einer alten Tasse ohne Henkel. »Los, Jungs, an den Tisch!«, rief er fröhlich. »Der Kirschkuchen wartet und wird euch helfen, eure fünf Sinne schnell wieder beisammenzuhaben.«

Das ließen sich die drei ??? nicht zweimal sagen.

»Übermorgen hast du Geburtstag, Tante Mathilda!«, rief Justus kauend. »Freust du dich schon?« Und zu seinem Onkel gewandt fuhr er fort: »Übrigens sind es sieben Sinne, die der Mensch hat, Onkel Titus. Das Sprichwort ist falsch!«

Onkel Titus lachte. Und Tante Mathilda sagte: »Ich freue mich immer, wenn ich Geburtstag habe.« Sie lächelte zufrieden. »Und weißt du, warum ich mich über jeden Geburtstag freue, obwohl ich doch immer älter werde?«, fragte sie Justus.

Ihr Neffe schüttelte den Kopf. »Nicht unbedingt. Man sagt ja, dass manche Menschen es gar nicht so gut finden, älter zu werden, wenn sie in ein Alter kommen, in dem sie nicht mehr jung, sondern eher alt sind.«

»Richtig!«, rief seine Tante. »Aber zu denen gehöre ich nicht. Ich freue mich sogar ganz außerordentlich auf jeden weiteren Geburtstag, weil ich beschlossen habe, mindestens 100 Jahre alt zu werden.«

Onkel Titus nickte anerkennend. »Ein vortrefflicher Plan, liebste Mathilda! Ich glaube auch, wir beide werden so alt wie Dinosaurier.« Er nahm einen großen Schluck Kaffee. »Dazu bleiben wir gesund, glücklich und sorgenfrei. Und außerdem wirst du zu deinem Geburtstag von mir eine wunderschöne Überraschung bekommen.«

»Nichts verraten, Titus!«, rief Tante Mathilda schnell. »Heute ist erst mal ein ganz normaler Tag.« Sie schnitt für jeden der drei ??? ein großes Stück Kirschkuchen ab und legte es auf ihre Frühstücksteller. »Und da gibt es natürlich Kirschkuchen!«

Nach dem Frühstück, während Onkel Titus und Tante Mathilda in der Küche des jonasschen Wohnhauses zusammen das Geschirr abwuschen, begaben sich die drei ??? in Onkel Titus' Schuppen.

Der weiße Flügel stand unverändert mit offenem Deckel da.

Justus zog den goldenen Ring aus seiner Hosentasche. »Der muss hier irgendwo hergekommen sein. Und da steht derselbe Name drauf wie auf dem Flügel. Wie hängt das wohl zusammen?«

»Nun«, überlegte Bob, »der Ring ist aufgetaucht, nachdem jemand gestern Nacht auf diesem Flügel gespielt hat. Und zwar genau die vier Noten, die im Ring eingraviert sind. Also sollten wir doch einmal die infrage kommenden Tasten anschlagen.«

Peter nickte. »Das klingt logisch.«

Bob setzte sich an den Flügel. Plötzlich aber ertönte an der Tür des Schuppens Onkel Titus' aufgeregte Stimme.

»Jungs!«, flüsterte er. »Was macht ihr denn da drin? Ihr wollt doch wohl nicht auf dem Flügel spielen! Mathilda darf nicht merken, dass ich den hier versteckt habe.« Der Altwarenhändler schob sich in den Schuppen und wedelte aufgeregt mit den Händen.

»Natürlich nicht, Onkel Titus«, antwortete Justus mit Unschuldsmiene. »Seid ihr etwa schon fertig mit dem Abwasch?«

Sein Onkel schüttelte den Kopf. »Ich bin zwar ein sehr schneller Geschirr-Abtrockner, aber beileibe kein Wirbelwind mit dem Geschirrtuch. Ich habe nur bemerkt, dass ihr in den Schuppen gegangen seid. Wir müssen vorsichtig sein! Ich habe Mathilda gesagt, dass ich mir ein frisches Handtuch von der Wäscheleine hole. Was habt ihr denn vor?«

»Wir wollten den Flügel für dich putzen«, flunkerte Justus. »Und gucken, wie viele Tasten genau fehlen. Schließlich sollen wir heute bei der Reparatur helfen.

Aber wenn du schon mal hier bist, kannst du ihn doch ganz leise durchprobieren und herausfinden, was sonst noch daran zu machen ist. Wir sorgen auch dafür, dass Tante Mathilda nichts mitbekommt.«

Justus trat an einen Schrank, in dem ein großer alter Kassettenrekorder stand. Daneben bewahrte Onkel Titus auch seine Lieblingsmusikkassetten auf.

Justus steckte eine in den Rekorder und drückte auf den Knopf zum Abspielen. Sofort erklang laute Rockmusik.

»Im Schutz dieser Musik, Onkel Titus«, erklärte Justus, »ist der Flügel unhörbar. Schlag ruhig jede Taste einmal an. Dann kannst du gleich prüfen, ob du übermorgen das Lied für Tante Mathilda wirklich spielen kannst.«

»Eine gute Idee und eine gute Tarnung«, stimmte sein Onkel zu. Er setzte sich an den Flügel, legte seine Finger auf die Tasten und spielte.

»Unter der lauten Musik aus dem Kassettenrekorder ist wirklich nichts zu hören«, bemerkte Peter zufrieden. Er grinste. »Und es wirkt wie Playback! Als würde Onkel Titus die alte Rockmusik in die Tasten hauen!«

Der Altwarenhändler sah auf. »Ein paar der vorhandenen Tasten«, erklärte er, »sind schwieriger anzuschlagen als andere. Und zwar diese vier hier.« Er deutete darauf.

Da erschallte von draußen ein lauter Ruf: »Titus, hast du das Handtuch? Trödel doch nicht so. Wehe, du verkriechst dich schon wieder in deinem Schuppen! Wir sind hier noch nicht fertig. Du könntest mir übrigens gleich auch noch in der Küche den Boden wischen ...« Onkel Titus sprang hastig auf. Laut rief er: »Komme, Mathilda! Bin schon da!«

Tante Mathilda lachte. »Und sag den Jungen, sie sollen diese laute Musik ausmachen. Da platzt einem ja das Trommelfell!«

Onkel Titus warf den drei ??? einen verschwörerischen Blick zu, ehe er den Schuppen verließ. »Ab jetzt keine Musik mehr! Und die Tasten suche ich später selber. Das lasst doch besser meine Sorge sein.«

Justus nickte zustimmend.

Geheimnisvolle Noten

Als Onkel Titus wieder im Wohnhaus verschwunden war, fragte Justus: »Welche Tasten waren schwierig zu spielen, Bob?«

Bob zog ein Stück rote Kreide aus der Tasche und

markierte vier Tasten. »Diese hier! Und das sind wieder genau die vier Noten aus dem Ring! Das D, das A, das C und das H.«

»Das ist kein Zufall!«, entfuhr es Peter. »Im Musikunterricht haben wir doch erst neulich gelernt, dass Klaviere 88 Tasten haben. 52 weiße und 36 schwarze. Und dass in diesem Fall immer wieder diese vier auftauchen ... Nein, das kann kein Zufall sein!«

Justus nickte. »Ich bin froh, Peter, dass du die Vorgänge endlich auch als das begreifst, was sie offensichtlich sind. Ein neuer Fall für die drei ???. Komm, Bob, spiel die Noten leise alle auf einmal. Oder besser: Drück sie einfach nur ganz langsam zusammen runter, dann machen sie gar keinen Ton!«

Bob grinste. »Freunde, da wir, um es in Justus' Worten zu sagen, nun alle zu kühler Vernunft zurückgefunden haben, anstatt uns von Angst und Aberglaube leiten zu lassen, tue ich, wie mir befohlen ...«

Bob drückte die vier Tasten, deren Notennamen das Wort ›Dach‹ bildeten. Im Inneren des Flügels polterte es leise.

Bob beugte sich vor. »Habt ihr das gehört?«

Justus lächelte. »Ja, das war wieder unser Poltergeist!«

»Ja, ja, sehr komisch, Just«, stöhnte Peter. »Mitten in der Nacht wirkt ja wohl jedes Geräusch unheimlicher als am frühen Morgen mit ordentlich Kirschkuchen im Bauch. Aber was war das wirklich?« Er ging auf die Knie und kroch unter den Flügel. »Drück die Tasten noch mal, Bob!«

Bob tat es und wieder ertönte das Klappern.

»Ich werde verrückt«, flüsterte Peter unter dem Flügel. »Da öffnet sich ein Geheimversteck! Halte bitte die Tasten fest, Bob. Und du, Just, komm mal zu mir.«

Justus beugte sich zu Peter und steckte ebenfalls den Kopf unter das Instrument. »Da hat sich eine Geheimklappe geöffnet«, stellte er überrascht fest. »Und da muss der Ring dringelegen haben und ist herausgefallen, als sie sich geöffnet hat.«

»Und wenn du gestern Nacht nicht über die Notenständer gestolpert wärst, hätte unser Geist ihn bestimmt gefunden und wäre damit entkommen«, meinte Peter. »Und wir hätten niemals von diesem Versteck erfahren.«

Bob ließ die Tasten los. Mit einem leisen Schaben schloss sich die Geheimklappe wieder. »Trotzdem ist das merkwürdig«, grübelte er. »Wir haben die Tasten ja nur gedrückt, weil die entsprechenden Noten auf dem Ring stehen. Aber solange der Ring in diesem Versteck lag, konnte sie niemand lesen.«

»Absolut logisch!«, stimmte Justus zu. »Und doch

hat unser nächtlicher Besucher die richtigen Tasten gedrückt. Er wusste also um dieses Geheimnis. Der Ring muss noch eine andere Bedeutung haben.«

»Da steht noch der Name *F. Long* drauf«, meinte Peter. »Das wirkt wie eine Spur«, überlegte Bob. »Nur wohin führt die?«

Peter lachte auf. Er kam unter dem Flügel hervor und richtete sich wieder auf. »Natürlich auf ein Dach!«

Justus kam ebenfalls wieder nach oben. »Genial, Peter, das ist ein sehr guter Gedanke.«

Peter grinste. »Das ist einfach nur wie in meinem ersten Lesebuch. Da musste man auch immer die Wörter mit den passenden Bildern verbinden. Das hat sich für immer in meinem Oberstübchen eingebrannt.« Er klopfte sich an den Schädel. »Dach – Dach im Kopf – und doch kein Dachschaden«, lachte er. Dann wurde er wieder ernst. »Nur gibt es leider sehr viele Dächer, wenn man sich mal so umguckt. Und was eines von diesen mit einem Flügel und dem goldenen Metallring zu tun haben könnte, leuchtet mir nun leider überhaupt nicht ein.«

»Vielleicht spielt das ›Dach‹ auf den aufgeklappten Deckel des Flügels an?«, überlegte Bob.

Peter beugte sich über den Flügel und musterte den Deckel und die darunterliegende Mechanik des Instruments. »Ich kann hier nichts erkennen, was uns weiterbringen könnte. Für mich sieht das aus, wie ein Flügel eben auszusehen hat. Nein, dieses merkwürdige Rätsel im Ring besteht nur aus vier Noten und einem Namen.«

Justus holte Luft. »Du begeisterst mich, Peter!«, verkündete er. »Das ist die heißeste Spur bisher.«

»Äh, welche? Und was ist daran heiß?«, fragte Peter. »Das wissen wir doch schon seit heute Nacht.«

»Ja«, sagte Justus. »Und nein! Ich weiß jetzt nämlich, wo wir weitersuchen müssen. Du hast bei deiner detektivischen Analyse einfach nur den letzten Hinweis nicht mitbedacht, den wir ebenfalls schon die ganze Zeit vor der Nase hatten ...«

»Und der wäre?«, fragte Peter verdutzt. »F. Long!«, rief Bob aufgeregt. »Der Flügel scheint doch von jemandem gebaut worden zu sein, der F. Long heißt.«

»Richtig, wenn dieser F. Long ein Klavierbauer war«, meinte Justus. »Denn das ist bisher nur eine Annahme.«

Bob nickte. »Das stimmt. Und das bedeutet, wir sollten zunächst einmal herausfinden, wer genau sich hinter diesem Namen verbirgt.«

»Und deswegen müssen wir ...«, fuhr Justus fort.

»In die Bibliothek«, rief Peter. »Jetzt habe ich es auch kapiert!«

Kombinationsgabe

So machte sich Bob, seine beiden Freunde im Schlepptau, wieder einmal in der Bibliothek von Rocky Beach auf die Suche nach hilfreichen Erkenntnissen. Die Bibliothekarin, Miss Bennett, freute sich, ihn zu sehen. Denn Bob half ihr öfters in der Bibliothek aus und verdiente sich dabei ein paar Dollar.

»Na, Bob, was führt dich und deine Freunde heute zu mir?«, begrüßte Miss Bennett die drei ??? mit einem breiten Lächeln. »Sind es grüne Blauwale oder willst du herausfinden, wer das sparsamste Elektroauto der Welt erfunden hat?«

Bob lachte. »Sie haben leider wieder einmal nicht ins Schwarze getroffen, Miss Bennett«, erklärte er. »Heute muss ich einen Namen recherchieren oder vielmehr den Menschen, der diesen Namen trägt.«

»Aha!«, rief Miss Bennett. »Wie heißt denn dieser Unbekannte?«

»F. Long«, nannte Bob den Namen.

Miss Bennett sah ihn verwundert an. »Bist du jetzt ein Fan von Swing-Musik geworden, Bob?«

»Was ist das denn?«, fragte Peter.

Miss Bennett lachte. »Swing und Jazz waren hier in den USA die ersten Musikstile, die so richtig in die Beine gingen!«

»Tanzmusik«, rief Justus.

»Ja, genau!«, nickte die Bibliothekarin. »Wieso sucht ihr danach? Ich dachte, ihr hört eher Rap, Pop oder heiße Gitarrenriffs!«

»Das stimmt auch«, gab Bob zurück. »Miss Bennett, soll das etwa bedeuten, dass dieser F. Long ein Musiker war?« Er sah Peter und Justus an. »Das würde auch passen!«

»Richtig!«, erklärte Miss Bennett. »Mit ganzem Namen hieß er Fred Long. Und er war ein begnadeter Pianist und Sänger.«

»Wieso sind Sie sich da so sicher?«, fragte Justus.

»Bei dem Buchstaben ›F‹ könnte es sich doch auch um einen Ferdinand, Franz, Fido oder Floyd handeln.«

»Das glaube ich nicht«, lachte die Bibliothekarin. »Fred Long war zu seiner Zeit sehr berühmt, ein wirklich großer Star. Und von einem anderen berühmten F. Long habe ich noch nie gehört. Übrigens stand sein Name vor gar nicht so langer Zeit noch einmal in der Zeitung. Leider aus keinem besonders glücklichen Grund. Denn er ist vor mehreren Monaten gestorben.«

»Und warum war er so wahnsinnig berühmt?«, fragte Bob.

Miss Bennett lächelte verschmitzt. »Ihr drei löst doch so gerne Rätsel! Dann habe ich jetzt mal eines für euch. Was glaubt ihr denn, warum er so überaus berühmt geworden ist?«

»Ich vermute, für seine tolle Musik«, meinte Peter sofort.

»Das ist nicht falsch – aber da kommt noch etwas ganz Einmaliges hinzu!« Die Bibliothekarin überlegte. »Lasst mich eure Kombinationsgabe auf die Probe stellen. Was bekommt man für einen besonders erfolgreichen Song?«

»Ordentlich Applaus«, antwortete Bob. »Und man gewinnt natürlich auch sehr viele Fans. Und das bedeutet, man spielt Konzerte vor ausverkauftem Haus und verdient eine ganze Menge Geld.«

»Stimmt alles, aber das ist noch lange nicht einmalig!«, sagte Miss Bennett vergnügt. »Ich würde sagen, die Spur wird wärmer, nur wirklich heiß ist sie noch nicht.«

»Einen Moment!« Justus legte Daumen und Zeigefinger an seine Unterlippe und knetete sie. »Wir sprechen hier von einem offensichtlich sehr erfolgreichen Sänger, dessen Name Ihnen sofort in den Sinn gekommen ist.« Er sah Bob und Peter an. »Und für besondere Erfolge in der Musikbranche bekommt man doch –«

»Den Grammy!«, rief Peter. »Der Musikpreis wird jedes Jahr verliehen. Dieser Fred Long hat den Grammy bekommen!«

Miss Bennett lachte auf. »Oh, nein! Der ist zu neu! Aber schon vorher gab es einen ganz anderen Musik-Ehrenpreis! Und den hat Fred Long als Allererster erhalten.«

Justus fuhr in die Höhe. »Ich weiß es! Onkel Titus hat es mir mal erzählt. Die Goldene Schallplatte! Aber Sie irren sich, Miss Bennett. Denn ich weiß auch, wer sie als Allerersterbekommen hat. Nämlich der Musiker Glenn Miller für einen Song, der ›Chattanooga Choo Choo‹ heißt.«

Miss Bennett nickte. »Ja …« Sie machte eine Pause. »Und doch: Nein.«

»Wie, ja und nein?«, rief Peter. »Beides zusammen geht doch wohl nicht.«

»Doch«, erklärte Miss Bennett. »Die Goldene Schallplatte für Glenn Miller war die erste offizielle Goldene Schallplatte, aber …«

»Bedeutet das, es gab auch eine erste inoffizielle Goldene Schallplatte?«, unterbrach sie Bob.

Miss Bennett klatschte in die Hände. »Das ist des Rätsels Lösung! Und die hat Fred Long bekommen.

Für sein Lied ›Nie zu spät‹. Das war ein ganz wunderbares Liebeslied! Fred Long hat es nur am Klavier gespielt und er hatte diese unglaublich schöne Stimme …« Miss Bennett lächelte und sang dann leise:

»In einer von Bergen umgebenen Hütte,
wo die Zeit nur langsam vergeht,
lebt der mir liebste Mensch,
mit dem jede Sorge ich übersteh'.«

Die Bibliothekarin seufzte. »Meine Mutter hatte die Platte und ich habe den Song damals sehr geliebt! Er spielt nämlich hier in der Gegend. Und wie ich später herausgefunden habe, hat die Single sich damals so gut verkauft, dass der Plattenproduzent Fred Long eine mit Gold überzogene Kopie seiner Single überreichte.«

»Wow!«, rief Bob. »So wurde die Goldene Schallplatte also erfunden.«

Justus nickte begeistert. »Und die wäre ganz sicher ziemlich viel wert für jeden Sammler und Musik-Fan. Weiß man denn, wo sie ist?«

Miss Bennett zuckte die Schultern. »Oh, dazu kann ich euch nicht das Geringste sagen.«

»Haben Sie denn das Lied von ihm da?«, erkundigte sich Peter.

Miss Bennett schüttelte den Kopf. »Leider nein. Ich habe alle Schallplatten längst aussortiert. Es will sie niemand mehr ausleihen.«

»Ja«, sagte Justus, »das ist das Schicksal der alten Tonträger. Genauso wie der Ruhm von Sängern und Musikern verglüht, ist auch die Technik irgendwann überholt und das Publikum bevorzugt andere Medien.«

Miss Bennett nickte. Die drei ??? bedankten sich bei der Bibliothekarin. »Sie haben uns besser geholfen als jedes Buch!« Bob schüttelte ihr die Hand.

Die Bibliothekarin lächelte. »Das konnte ich nur, weil die Musik von Fred Long in meinem Herzen weiterlebt. Dabei fällt mir ein, er hat ja ganz hier in der Nähe gelebt. Seine Villa wird wohl sogar zu einem Museum umgestaltet. Und ich meine, in der Zeitung stand auch, dass er einen Teil seines Erbes der Musikschule vermachen wollte, auf der er selbst Schüler war. Ich glaube, es war ein weißer Flügel.«

»Ach?«, sagte Bob und sah Justus und Peter an. »Das ist ja interessant!«

Geisterjäger

»Ein berühmter Sänger, der die erste Goldene Schallplatte der USA bekommen hat, vermacht einen kaputten Flügel seiner Musikschule, die sehr stolz auf ihn sein müsste. Aber der Flügel wird dort nicht ausgestellt, nein, er wird sogar in den Keller geräumt, wo ihn niemand sieht«, meinte Justus. »Das passt doch hinten und vorne nicht!«

Die drei ??? saßen in der Kaffeekanne, ihrem Geheimversteck. Dabei handelte es sich natürlich nicht um eine echte Kaffeekanne, sondern vielmehr um einen alten Wassertank für Dampflokomotiven. Er erhob sich an einem Waldrand, neben einer seit Langem nicht mehr befahrenen Bahnstrecke. Über eine Leiter gelangte man ins Innere des Tanks, wo man zu dritt bequem Platz fand. Hier bewahrten die Freunde alles auf, was sie für ihre Detektivarbeit brauchten.

»Wirklich nicht«, nickte Peter. »Fred Long muss außerdem gewusst haben, dass so ein altes Instrument nicht mehr zum Musikunterricht taugt.«

»Und warum hat die Musikschule den Flügel nicht dem Museum in seiner Villa übergeben? Da wäre er doch besser aufgehoben gewesen und hätte ein echtes Prunkstück abgegeben«, grübelte Bob.

Justus zog den Ring mit der Gravur aus der Tasche und betrachtete ihn. »Das wirkt alles ziemlich verworren.«

»Ja, das ist total merkwürdig«, befand Peter. »Wie machen wir denn jetzt weiter?«

Bob überlegte. »Fred Long war ja bei einer Plattenfirma unter Vertrag. Das wissen wir von Miss Bennett. Dort könnten wir vielleicht etwas erfahren, wenn es sie noch gibt.«

»Eine gute Idee«, meinte Justus.

»Aber dort wird man ja wohl kaum wissen, warum wir einen Geisterring im Schuppen von deinem Onkel gefunden haben!«, sagte Peter.

»Du meinst, in dem weißen Flügel«, verbesserte ihn Justus. »Oder vielmehr unter ihm, nachdem der Unbekannte darauf gespielt hatte.«

Bob nickte. »Und dieser Unbekannte wusste, wo der Flügel gelandet war.«

»Stimmt!«, rief Peter. »Also Eddi Kane, der Hausmeister, oder jeder Schüler und jede Schülerin der *Topanga School of Music*, dann noch die Lehrerschaft, die Direktorin und auch diese Miss Sevilla, die den Flügel haben wollte.«

»Das sind ziemlich viele Unbekannte für einen

einzigen geheimnisvollen goldenen Ring.« Justus steckte den Ring wieder ein. »Ich werde ihn auf alle Fälle mitnehmen, wohin diese Spur uns auch führt.«

»Aber nicht daran drehen«, brummte Peter.

Justus grinste. »Nur, wenn wir dich als Maus brauchen, die sich unbemerkt irgendwo einschleichen soll!«

Die Plattenfirma herauszufinden, die den einstigen Star Fred Long unter Vertrag gehabt hatte, war für Bob kein Problem.

Wenige Klicks im Internet genügten, um das Label ausfindig zu machen. Schließlich stand dessen Name auf jedem alten Plattencover des Sängers.

Zum Glück befand sich das Plattenlabel namens *Sunshine Records* nur unweit von Rocky Beach, nämlich im Nachbarort Topanga Beach.

Doch als sie auf ihren Fahrrädern dort ankamen, mussten die drei ??? eine Enttäuschung einstecken. Der Pförtner schüttelte den Kopf, als sie darum baten, mit jemandem aus der Chefetage zu sprechen.

»Miss Sevilla ist heute nicht hier«, erklärte er.

»Und sie empfängt auch keine unangemeldeten Besucher. Schon gar nicht so junge Kerle wie euch. Bestimmt habt ihr ein Demo-Band dabei und wollt ihr beweisen, wie gut ihr seid. Aber Miss Sevilla entdeckt ihre Talente selbst. Hier kommt niemand ohne Termin rein.«

Als Justus den Namen hörte, horchte er erstaunt auf. »Wir wollten gar keine Musik anbieten«, sagte er dann. »Wir wollten lediglich mit jemandem sprechen, um –«

»Es ist ganz egal, was ihr wollt«, unterbrach ihn der Pförtner. »Hier ist für euch Schluss!«

»Gibt es denn diese Plattenfirma schon lange?«, fragte Bob.

»Natürlich!«, gab der Mann zurück. »Länger als euch! Miss Sevilla hat sie von ihrem Vater geerbt und der von seinem. Aber das geht euch eigentlich nichts an.«

»Sir!«, rief Justus. »Vielleicht doch! Miss Sevilla wollte von uns einen weißen Flügel kaufen. Wir haben sie in einer Musikschule getroffen und sie –«

»Haha!« Der Pförtner grinste hämisch. »Ich glaube kaum, dass die Chefin in irgendwelchen Musikschulen unterwegs ist. Sie braucht keine Schulen voller halbgarer Talente. Sie ist eine Meisterin ihres Fachs und findet ihre Stars einfach so auf der Straße oder in Clubs und Musik-Bars! Und jetzt trollt euch, bevor ich den Sicherheitsdienst rufe.«

Als die drei ??? zu ihren Fahrrädern gingen, meinte Bob: »Wir wissen, dass diese Miss Sevilla sehr wohl in der Musikschule war. Sie war es, die den Flügel kaufen wollte. Sie hat ja ihren Namen genannt.«

»Richtig«, überlegte Peter weiter. »Und möglicherweise hat sie dort von vornherein nach dem weißen Flügel gesucht!«

»Sehr aufmerksam, Freunde«, lächelte Justus. »Genau das dachte ich auch eben. Dass der Flügel der Musikschule vererbt wurde, stand vor ein paar Monaten in der Zeitung. Das hat Miss Bennett erzählt. Die Frage ist, warum interessiert sich Miss Sevilla genau jetzt für diesen alten Flügel?«

»Vielleicht war sie ja auch nur wegen des Flohmarkts dort«, meinte Bob. »Das hatte dein Onkel schließlich auch aus der Zeitung erfahren.«

Justus nickte. »Das wäre möglich. Aber vergesst nicht die nächtliche Attacke auf Onkel Titus' Schuppen!« Justus schüttelte nachdenklich den Kopf. »Also«, fuhr er dann fort. »Wir wissen, dass diese Susan Sevilla dort war und möglicherweise nach dem Flügel gesucht hat. Zumindest aber wollte sie ihn gerne kaufen, als sie ihn bei uns gesehen hat. Wir müssten sie dringend befragen. Aber das geht nicht, weil wir nicht vorgelassen werden.«

»Jedenfalls ist jemand nachts auf dem Schrottplatz eingebrochen, um den alten Flügel zu untersuchen, und wusste von dem Musik-Code«, sagte Bob. »Das muss selbstverständlich etwas zu bedeuten haben.«

»Und wir müssen herausfinden, was! Und zwar jetzt!«, rief Peter. Er grinste Justus breit an. »Denn solange du bereit bist, mich vor Geistern zu beschützen, bin ich bereit, jede Gefahr auf mich zu nehmen.« Vergnügt kniff er Justus in den Oberarm. »Niemand ist nämlich ein besserer Geisterjäger als du! Und deswegen fühle ich mich unter deinem Geisterjäger-Schutzmantel wirklich pudelwohl und sicher.« Peter machte eine Pause. »Also, Just, wo geht es hin?«

Der Anführer der drei ??? zögerte keine Sekunde mit seiner Antwort. »Dahin, wo vermutlich alles angefangen hat!«

Unverhoffte Begegnung

Fred Longs alte Villa lag nicht weit von Topanga Beach in den Bergen, die sich von dort tiefer ins Hinterland zogen. Über dem Tor zum Garten war ein Schild angebracht, auf dem es hieß: *Fred-Long-Museum*.

»Lasst uns einen Blick hineinwerfen«, schlug Justus vor.

Die drei ??? stellten ihre Fahrräder ab und gingen durch das Tor auf den Hauseingang zu. Doch die große und schwere Holztür war verschlossen, als Bob die Klinke drückte.

»Komisch«, meinte er, »jedes Museum hat doch um diese Zeit geöffnet.«

»Seht mal, da ist ein Klingelzug!«, bemerkte Peter. Tatsächlich hing neben einem goldenen Namens-

schild eine alte Eisenkette, an der man ziehen konnte. Bob streckte die Hand aus und zog kräftig daran. Im Inneren des Hauses ertönte eine Melodie und dazu sang eine wohlklingende Männerstimme:

»In einer von Bergen umgebenen Hütte,
wo die Zeit nur langsam vergeht,
lebt der mir liebste Mensch,
mit dem jede Sorge ich übersteh'.«

»Das muss die Stimme von Fred Long sein«, meinte Peter. »Der konnte wirklich singen!«

»Meine volle Zustimmung, Zweiter. Das ist tausendmal besser als Onkel Titus!«, sagte Justus.

Plötzlich wurde die Tür von innen geöffnet und eine junge Frau stand vor den drei ???. Sie hatte dunkelbraune lange Haare und tiefgrüne Augen. »Ja, bitte?«, fragte sie.

»Wir wollten gerne ins *Fred-Long-Museum*«, begann Justus. Doch die Frau schüttelte den Kopf.

»Das ist noch geschlossen.«

»Seltsam!«, antwortete Justus. »Wissen Sie, warum? Erst wollten wir zum Plattenlabel, das die Musik von Fred Long veröffentlicht hat, und wurden nicht vorgelassen. Dann wollen wir sein Museum besuchen, und da ist geschlossen. Es ist ja fast so, als sollte man von ihm und seinem Werk ferngehalten werden.«

Die Frau stutzte. »Ihr wart bei seinem Label?«

Justus nickte. »Bei *Sunshine Records* und bei Miss Sevilla. Aber, wie gesagt, erfolglos. Und jetzt sind wir hier. Und wer sind Sie?«

Die junge Frau zögerte, doch dann sagte sie: »Fred Long war mein Großvater. Ich wohne jetzt hier.«

»Und warum lassen Sie niemand ins Museum?«, fragte Bob.

Fred Longs Enkelin schüttelte den Kopf. »Das Museum ist noch im Aufbau.«

Peter musterte sie. Die junge Frau mit den grünen Augen und den langen braunen Haaren wirkte freundlich und sympathisch, hielt aber die Lippen fest aufeinandergepresst, als fürchtete sie sich, etwas zu sagen.

»Hören Sie«, sagte Peter. »Vielleicht können Sie uns trotzdem helfen? Wenn Mr Long Ihr Großvater war, dann wissen Sie doch bestimmt sehr viel über ihn. Mehr als wir, obwohl wir schon eine ganze Menge herausgefunden haben.«

»Herausgefunden?« Die Frau horchte auf.

Justus trat vor. »Ja, herausgefunden«, sagte er ruhig. »Wir sind die drei ??? …«

Und dann erklärte der Anführer der Detektive, wer sie waren, was sich ereignet hatte und warum sie hier waren.

»Ein goldener Ring mit Noten darauf«, meinte die Frau. »Das klingt ausgesprochen interessant und geheimnisvoll. Aber warum erzählst du mir das alles? Du kennst mich doch gar nicht. Ihr scheint ja einer wirklich bemerkenswerten Geschichte auf der Spur zu sein.«

»Das stimmt«, entgegnete nun Bob. »Aber Sie wirken vertrauenswürdig. Und das ist bisher das erste Mal in diesem Fall, dass wir auf eine vertrauenswürdige Person treffen. Oder irren wir uns etwa in Ihnen?«

Die junge Frau lachte. »Nein!« Dann machte sie plötzlich die Tür weit auf. »Kommt rein, dann zeige ich euch etwas. Ich bin übrigens Lisa Long.«

Staunend folgten die drei ??? Fred Longs Enkeltochter Lisa in ein großes Wohnzimmer mit Blick über einen mit hohen Bäumen bestandenen Garten und den dahinter liegenden Waldhang.

Das Zimmer war eingerichtet wie vor langer Zeit, altmodisch und zugleich sehr gemütlich. An einer Wand befand sich ein Kamin, in dem jedoch kein Feuer brannte, darüber hingen Fotos mit Autogrammen, ein paar Musikinstrumente wie Gitarren und Trompeten und mehrere Goldene Schallplatten.

»Ist da auch die erste Goldene Schallplatte dabei?«, erkundigte sich Peter.

»Die erste?« Lisa runzelte die Stirn. »Nein. Woher wisst ihr von ihr?«

»Von meiner Lieblingsbibliothekarin«, lächelte Bob. »Sie hat Fred Long gerne gehört.«

»Gibt es hier einen Dachboden?«, erkundigte sich Justus nun.

Lisa Long sah ihn erstaunt an. »Ja, aber warum fragst du danach?«

»Deswegen!«

Als Justus ihr nun den Ring zeigte, weiteten sich ihre Augen. »Ach, wegen der Noten! D – A – C und H … ihr denkt, das heißt Dach?«

»Sie können also Noten lesen«, meinte Justus und fügte dann hinzu: »Ja, das denken wir. Möglicherweise stammt diese eingravierte Botschaft von Ihrem Großvater …«

»Aha?«, murmelte Lisa. »Nun, ich kann Noten lesen. Denn ich bin Pianistin. Genau wie mein Großvater. Nur konnte er auch sehr, sehr gut singen. Er spielte dazu übrigens nicht nur sehr gut Klavier, sondern auch Harfe. Vor allem aber hatte er eine wunderschöne Stimme. Und die habe ich leider nicht.«

Justus nickte nachdenklich. Dann fragte er: »Warum haben Sie uns reingelassen, Lisa? Irgendetwas beschäftigt Sie doch, wenn ich mich nicht irre.«

»Da hast du recht«, antwortete Lisa Long und seufzte. »Genau wie ihr suche ich nach etwas. Hier!«

Sie zeigte auf ein eng beschriebenes Blatt Papier, das auf einem Tisch vor dem Kamin lag. »Das ist das

handschriftliche Testament meines Großvaters. Er hat mir alles vermacht. Genauso, wie seine Eltern ihm zuvor diese Villa mit der gesamten Einrichtung vermacht haben.« Sie sah auf. »Aber in diesem Testament steht auch etwas, das ich nicht verstehe. Ich habe deswegen neulich auch Miss Sevilla vom Musiklabel aufgesucht. Sie konnte mir auch keine

Antwort geben. Und dann taucht ihr bei mir auf. Das scheint auf merkwürdige Weise alles zusammenzuhängen.«

»Möglich wäre es«, sagte Justus langsam. »Dürfen wir die Textstelle vielleicht einmal lesen, Miss Long?«

Lisa Long zögerte. »Zuerst müsst ihr mir versprechen, dass ihr es ohne meine Erlaubnis niemandem weitersagt.« Sie blickte Justus und dann Bob und Peter an.

Jeder der drei ??? nickte und sagte laut: »Versprochen!«

»Ich glaube euch«, sagte Lisa. »Auch ihr macht einen ehrlichen Eindruck.« Sie nahm das Testament, suchte die richtige Stelle und las dann vor: »*Mein Haus mit allem, was sie darin findet, vermache ich meiner Enkelin Lisa Long. Mit einer einzigen Ausnahme: Der weiße Flügel mit den vielen Glassteinen, der mich seit meinem ersten Lied bei jedem Konzert begleitet hat. Ich bitte dich, Lisa, ihn an die Topanga School of Music bringen zu lassen, wo ich selbst ausgebildet wurde.*«

»Was für eine seltsame Bitte«, sagte Justus.

»Ja!«, rief Lisa. »Ich verstehe das alles überhaupt nicht.«

»An der Schule waren wir!«, sagte Peter.

»Aber warum?«, meinte Lisa. »Was hat das alles zu bedeuten?«

»Versuchen wir es der Reihe nach«, schlug Justus vor. »Sie haben den Flügel an die Schule bringen lassen. Die Schule hat den Flügel dann in einem Inserat, zusammen mit anderen Dingen, die dort nicht mehr gebraucht wurden, zum Verkauf angeboten. Und mein Onkel ist Altwarenhändler, deshalb waren wir dort.«

»Das ergibt Sinn«, erwiderte Lisa. »Der Flügel war wirklich ziemlich kaputt. Ich habe deswegen auch nicht verstanden, warum ich ihn dorthin bringen lassen sollte. Wer sollte schon noch darauf spielen? Denn von alleine kann ein Flügel ja wohl kein Lied erklingen lassen.«

»In der Tat«, stimmte Bob zu. »Er stand dort auch nur unbenutzt im Keller.«

»Allerdings behaupten die Schüler dort, der Flügel hätte gespukt«, murmelte Peter. »Und vielleicht –«

»Es gibt keinen spukenden Flügel!«, schnitt ihm Justus das Wort ab. »Da waren wir uns doch wohl einig! Doch weiter. Die Bitte im Testament Fred Longs wirkt auf uns alle unverständlich oder zumindest äußerst rätselhaft. Mit anderen Worten, wir kommen nicht weiter.«

Lisa Long sah die drei ??? an. »Im Testament steht noch mehr«, sagte sie dann.

Justus beugte sich gespannt vor. »Und das wäre?«

»Ich musste zusammen mit dem Flügel einen Brief abliefern ...«

»Einen Brief?«, rief Peter. »An wen denn? An die Schulleitung?«

»Nein!« Lisa schüttelte den Kopf. »Es war ein ziemlich verrückter Brief. Der Umschlag musste weiß bleiben und darin sollte ein Blatt stecken, auf dem lediglich stand: ›Spiele die Noten, wo alles begann.‹«

»Lag dieses Blatt dem Testament bei?«, fragte Justus.

Lisa nickte. »Handgeschrieben.«

»Aber ...«, fragte Peter, »... wer sollte was wo spielen?«

»Das weiß ich eben nicht«, gestand Lisa. »Ich wurde einfach nicht schlau daraus. Deswegen bin ich mit dem Testament auch zu Miss Sevilla bei *Sunshine Records* gegangen. Ich habe ihr die Stelle und den Brief vorgelesen und sie gefragt, ob sie mir das erklären könne.«

»Und was hat sie gesagt?«, fragte Justus neugierig.

»Sie ließ mich wissen, sie könne damit ebenfalls nichts anfangen«, beantwortete Lisa die Frage. »Begonnen habe der Erfolg meines Großvaters ja nicht unmittelbar bei ihr, sondern nur in ihrer Plattenfirma, die damals noch ihr Großvater geleitet hat. Und der sei es auch gewesen, der es Fred Long ermöglichte, mit dem Lied aufzutreten und es auf einer Single einzuspielen.«

»Aber in die Plattenfirma wurde weder der Flügel gesandt noch der Brief!«, rief Justus. Er legte Daumen und Zeigefinger an seine Unterlippe und knetete sie. »Wo alles begann«, flüsterte er. »Eine kuriose Aufforderung. Was begann also wann und wo? Und warum ist der Flügel an die Musikschule gegangen?«

Lisa Long zuckte die Schultern. »Seitdem bin ich in der Sache nicht weitergekommen. Und wisst ihr, was noch dazu wirklich seltsam ist?«

Auf Justus' Gesicht breitete sich ein Lächeln aus. »Ich vermute, in Ihrem Erbe fehlt die wahrscheinlich nicht nur für das *Fred-Long-Museum* äußerst wertvolle Goldene Schallplatte.«

Lisa Long sah den Anführer der drei ??? mit offenem Mund an. »Ganz genau! Sie war immer hier. Aber jetzt ist sie weg.«

»Interessant«, sagte Justus. »Das ist doch sehr interessant!«

»Was denn, Just?«, wollte Bob wissen.

»Die Zusammenhänge, die ich gerade zu entdecken beginne«, verkündete Justus. »Eigentlich beinhaltete der Brief doch eine sehr klare Botschaft, wenn man weiß, um was es sich dreht.«

»Dann sag schon, welche!«, rief Peter.

»Gerne!« Justus ließ seine Unterlippe los und wirkte nun wieder vollkommen entspannt. »Alles begann sicher dort, wo auch die Noten auf dem Ring es sagen. Auf dem Dach oder dem Dachboden. Den es hier im Haus gibt, wie wir von Lisa erfahren haben. Dem Dachboden des Hauses, in dem Fred Long aufgewachsen ist und ziemlich sicher seine ersten musikalischen Gehversuche unternommen haben dürfte. Also im Haus, in dem alles begann ...«

»Das stimmt«, rief Lisa. »Mein Großvater hat deswegen später hier oben sein Musikstudio eingerichtet. Er hat immer gesagt, hier hatte er seine besten Einfälle!« Justus nickte zufrieden. »Dann haben wir es hier mit einer Botschaft für jemanden zu tun, der diesen Ort kennt. Der früher schon einmal auf dem Dachboden war«, fuhr Justus fort. »Ist jemand in letzter Zeit hier gewesen und wollte auf den Dachboden?« Lisa schüttelte den Kopf.

»Dann hat dieser Jemand vielleicht die Botschaft nicht verstanden«, meinte Justus. »Denn sonst wäre er bestimmt hierhergekommen.«

»Aber wer?«, rief Lisa. Sie starrte Justus an.

»Das gilt es herauszufinden«, erklärte Justus.

Bob sah Justus mit weit aufgerissenen Augen an. »Es muss also irgendjemanden in der Musikschule geben, der diese rätselhafte Nachricht verstehen könnte. Aber vielleicht hat er den Brief nicht bekommen? Sonst hätte derjenige den Flügel sicher nicht weggegeben. Was machen wir denn jetzt?«

»Wir müssen natürlich in die Musikschule«, rief Peter. »Denn da liegt hoffentlich des Rätsels Lösung! Den Dachboden können wir uns danach immer noch ansehen. Außerdem werden wir die geheime Botschaft kaum alleine entschlüsseln.«

»Genau, Peter«, stimmte Justus zu. Er sah auf eine alte Kaminuhr, die laut vor sich hin tickte. »Das machen wir gleich morgen früh. Die Schule wird heute schon geschlossen sein. Jetzt sollten wir zum Strand fahren und die Muscheln für Tante Mathilda sammeln. Oder habt ihr schon vergessen, dass übermorgen ihr Geburtstag ist?«

Liebesring

Als die drei ??? am nächsten Morgen in der *Topanga School of Music* ankamen, herrschte dort ganz normaler Betrieb. Aus den verschiedenen Räumen klangen Instrumententöne und hier und da Gesang. Lisa Long, die Justus, Peter und Bob begleitete, lauschte begeistert den vielen verschiedenen Melodien.

»Das ist toll«, flüsterte sie. »Das klingt unheimlich schön und lebendig!«

Peter lächelte ihr zu. Justus hingegen war bereits wieder in ihren seltsamen Fall vertieft.

»Die Frage ist, an wen war dieser Brief gerichtet?«, überlegte er laut. Dann antwortete er sich selbst: »Beginnen wir am besten dort, wo wir auch die Suche nach dem Flügel begonnen haben!«

Er ging auf eine Tür zu, die sich im Hof ein Stück neben dem Kellereingang befand.

»Du willst zum Hausmeister!«, meinte Bob.

»Ja«, bestätigte Justus. »Er hat Onkel Titus gesagt, dass der Flügel im Keller steht. Also wird er wohl am ehesten Bescheid wissen, wie das Instrument hierhergekommen ist.«

Justus klopfte an die Tür.

»Herein«, erscholl es von drinnen.

Justus öffnete die Tür und die drei ??? und Lisa Long betraten das Hausmeisterbüro.

Eddi Kane saß an einem Tisch und las Zeitung. Er blickte auf und sah Justus an. »Bist du nicht der Junge, der neulich mit seinem Onkel hier den Flügel abgeholt hat?«

Justus bejahte. »Meine beiden Freunde Peter und Bob kennen Sie ja bereits. Und das ist unsere Bekannte Lisa.«

»Ist irgendetwas schiefgegangen mit dem Ankauf?«, fragte der Hausmeister.

»Das würde ich so nicht sagen«, gab Justus zurück. »Aber wir haben dennoch eine Frage: Warum wurde der Flügel, der offensichtlich kaputt war, an die Musikschule geschickt? Die Schülerinnen und Schüler hier konnten mit dem Instrument doch nichts anfangen.«

Der Hausmeister nickte. »Das sehe ich auch so.«

»Sie haben ihn doch damals sicher entgegengenommen?«, fuhr Justus fort. »Ist Ihnen der Zustand da nicht, nun ja, verdächtig vorgekommen?«

Eddi Kane faltete seine Zeitung zusammen. »Verdächtig? Nein! Ich habe den Flügel lediglich in Empfang genommen und dafür gesorgt, dass er in den Keller kam. Das gehört zu meinen Aufgaben hier. Willst du mir unterstellen, dass ich ihn kaputt gemacht habe, oder was?«

»Nein, Sir!«, versicherte Justus. »Überhaupt nicht! Aber mit dem Flügel muss ein Brief gekommen sein. Haben Sie den gesehen?«

Der Hausmeister zögerte.

Dann winkte er plötzlich ab. »Ja, habe ich. Und ich habe ihn auch gelesen. Aber der Brief war vollkommen unverständlich. Das war so eine Art verkorkstes Rätsel und hatte nichts mit dem Instrument zu tun, da bin ich sicher. Ich habe den Brief weggeworfen.«

»Sie haben ihn weggeworfen?«, fragte Bob erstaunt. »Sie haben ihn nicht der Schuldirektorin gegeben oder sonst jemandem?«

»Nein! Wieso denn?« Eddi Kane schüttelte den Kopf.

»Vielleicht, weil Sie ahnten, dass er an Sie adressiert war?«, hakte Justus nach.

Eddi Kane sah ihn an. »Wie kommst du auf diese verrückte Idee?«

»Ja, Sir«, murmelte Justus. »Es scheint eine verrückte Idee zu sein, dass der Flügel und der Brief an Sie, den Hausmeister, gerichtet gewesen sein sollten. Sie haben recht.« Er machte eine Pause. »Wenn da nicht noch etwas wäre.«

»Was wäre?«, fragte Eddi Kane.

»Etwas, das sehr wahrscheinlich nur Sie wissen können«, meinte Justus. »Nämlich, warum die Schüler der Schule behauptet haben, der Flügel würde spuken.«

Eddi Kane lachte auf. »Sehe ich vielleicht wie ein Gespenst aus?«

Justus richtete den Blick fest auf sein Gegenüber. »Ganz und gar nicht. Aber womöglich haben Sie ja nachts auf dem Instrument gespielt. Nämlich weil Sie wissen, was ›Wo alles begann‹ bedeutet.«

Der Mann hielt die Luft an und plötzlich lag eine atemlose Stille im Raum.

Dann murmelte Eddi Kane: »Ich ... ja, ich habe darauf rumgeklimpert. Das muss durch die Heizungsrohre nach oben gedrungen sein ...«

Die drei ??? und Lisa Long wagten es kaum, Luft zu holen. Doch Eddi Kane sprach nicht weiter.

»Mr Kane«, sagte Justus. »Warum haben Sie auf dem Flügel gespielt? Sie wissen es! Bitte sagen Sie uns, was mit ›Spiele die Noten, wo alles begann‹

gemeint ist. Der Flügel ist eindeutig zu Ihnen geschickt worden.«

In den Augen von Eddi Kane flammte ein Funkeln auf, ein Anflug von Wut, die er ganz offensichtlich lange unterdrückt hatte. Er biss sich auf die Lippen und sah Justus herausfordernd an. »Was willst du von mir?«

Bob und Peter traten beschützend dichter an Justus heran.

»Was begann wo?«, wiederholte Justus. »Die Antwort darauf betrifft nicht nur Sie. Sie betrifft auch unsere Begleiterin.«

Doch der Hausmeister presste die Lippen aufeinander.

Der Anführer der drei ??? lächelte. »Mr Kane, sollte ich besser fragen: Was begann auf einem Dachboden? Und was hat das mit dem Song ›Nie zu spät‹ von Fred Long zu tun?«

In diesem Moment beugte sich Lisa weit vor und sah Eddi Kane aufmerksam ins Gesicht. »Moment mal ... ich kenne Sie«, flüsterte sie. »Sie sind ...«

Der Hausmeister erwiderte ihren Blick. »Lisa …«, sagte er dann. »Du bist Lisa Long! Fred war dein Großvater!«

»Ja«, nickte die junge Frau. »Und Sie waren auch Musiker! Die Oboe! Sie sind der Oboist Eddi Kane!«

Und plötzlich brach es aus Eddi Kane heraus. »Ja. Der bin ich. Der war ich«, sagte er rau.

Justus sah Eddi Kane an: »Fred Long hat den Flügel an Sie geschickt. Sie sollten darauf die Noten spielen, die darauf hinweisen, wo alles begann. Und begonnen hat alles auf dem Dachboden.«

»Und die entsprechenden Noten D-A-C-H«, fügte Bob hinzu, »hätten Sie zum nächsten Hinweis geführt!« Kaum hatte Bob das gesagt, schlug sich der Hausmeister vor den Kopf. »Oh, nein!«, stöhnte er. »D-A-C-H … Da bin ich nicht drauf gekommen. Ich habe die ganze Zeit nur ›Nie zu spät‹ geklimpert. Das ist typisch Fred. Er hat es immer geliebt, alles durch Musik zu sagen. Wenn er ein neues Stück langweilig fand, dann spielte er dazu die Noten F-A-D-E. Wenn er mich loben wollte: A-S-S.«

»Aber es gibt doch keine Note ›S‹«, warf Bob ein.

Eddi Kane rollte mit den Augen. »Du bist eben kein Musiker! Es gibt die Note ›Es‹. Und wenn mir Fred A-Es-Es vorgespielt hat, habe ich natürlich sofort verstanden, dass es ›Ass‹ heißt! ›Es‹ und ›S‹, das klingt doch vollkommen gleich.« Eddi Kane schluckte und holte tief Luft. »D-A-C-H, natürlich! Alles hat auf dem Dachboden in seinem Elternhaus begonnen. Wir haben sogar immer gesagt, wir treffen uns im Dach.« Er sah die drei ??? an. »Und was wäre passiert, wenn ich die Noten gespielt hätte?«

»Dann«, erklärte Peter, »hätte sich ein Geheimfach am Flügel geöffnet und ein Ring wäre herausgefallen.«

»Und zwar dieser hier!« Justus zog den goldenen Ring hervor und reichte ihn Eddi Kane.

»Mein Liebesring!«, rief dieser ungläubig. Er sank auf seinem Stuhl weit zurück und holte tief Luft. »Jetzt ist alles klar«, seufzte er. »Alles!«

»Was ist klar?«, wollte Bob wissen.

Eddi Kane sah die drei ??? und Lisa aus geröteten Augen an. »Wisst ihr, was das für ein Ring ist?«

Die drei ??? und die junge Frau schüttelten die Köpfe.

»Wir haben nur gesehen, was darin eingraviert ist«, erwiderte Peter.

»Das«, sagte Eddi Kane, »ist ein Teil einer Oboe. Und ich habe die Oboe gespielt, zu der dieser Ring gehört.«

Letzter Wille

Justus blickte interessiert auf den Ring. »Haben Sie das Stück eben Liebesring genannt, Mr Kane?«, wollte er wissen.

Eddi Kane lächelte zum ersten Mal freundlich, seit seine Gäste eingetreten waren.

»Ja«, sagte er dann ruhig. »Es ist ein Stimmring. Wenn man mit einer Oboe in einen zu kühlen Raum kommt, verändert sich ihr Ton wegen der kalten Luft. Und das kann man richten, indem man das Rohr, also das Mundstück aus Riesenschilf, etwas herauszieht. Aber wenn man es zu weit herauszieht, fangen einige Töne plötzlich an, dumpf und falsch zu klingen. Und genau das vermeidet man mit diesem Ring. Man setzt ihn zwischen das Mundstück und den Korpus. Dann klingt alles wieder wie es soll.

Und weil der Schallbecher am unteren Ende der Oboe ›Liebesfuß‹ genannt wird, habe ich den Stimmring oben am Mundstück immer meinen ›Liebesring‹ genannt.«

Lisa Long hatte aufmerksam zugehört und nickte. »Es gibt hier in Kalifornien extra Plantagen mit diesem Schilfrohr, aus dem die Mundstücke hergestellt werden. Die machen gute Musiker sich immer selbst.«

»Du hast dich schon immer für Musik interessiert«, lächelte Eddi Kane.

»Aber was hat das mit dem Flügel von Fred Long zu tun?«, hakte Bob nach. »Und mit dem Brief?«

»Und der Goldenen Schallplatte?«, fragte Peter.

Eddi Kane seufzte.

»Ihr habt viel herausgefunden, ihr sollt auch den Rest erfahren.« Er holte tief Luft. »Fred hat den Song ›Nie zu spät‹ damals nicht alleine komponiert. Ich habe ihn mit ihm zusammen geschrieben. Den Text und die Musik. Wir sind nämlich zu Beginn seiner Karriere zu zweit aufgetreten.«

»Sie waren ein Duo?«, fragte Justus.

»Genau«, stimmte Eddi Kane zu. »Ein Duo mit Klavier und Oboe. Aber dabei ist es leider nicht geblieben. Ich habe keine besonders gute Stimme. Fred dagegen konnte sehr gut singen. Und deswegen hat das Plattenlabel damals nur ihn unter Vertrag genommen und ihn alleine groß rausgebracht. Denn singen am Piano geht auch alleine gut ...«

»Und Sie?«, rief Peter. »Was war mit Ihnen? Die Goldene Schallplatte für den Song hätte doch dann auch Ihnen gehört.«

»Das hast du scharf und zutreffend geschlussfolgert«, nickte der alte Oboist.

»Aber Ihre Oboe war auf der Aufnahme nie zu hören«, sagte Justus verwundert.

»So hat es uns auch Miss Bennett erzählt«, rief Bob. »Das Lied war nur von Fred Long, der gesungen und sich selbst am Klavier begleitet hat.«

»Eben«, sagte Eddi Kane. »So wollte es die Plattenfirma. Die Oboe, meine Oboe in ›Nie zu spät‹, war verschwunden. Für immer! Sie war in keinem Konzert zu hören und auch auf keiner Schallplatte.«

Justus sah auf. »Aber warum hatte Fred Long dann diesen Stimmring von Ihrem Instrument?«

Eddi Kane strich sich mit einer Hand über die Lippen. »Weil ich meine Oboe damals einfach bei ihm liegen gelassen habe. Ich war so enttäuscht und wütend, dass ich nie wieder etwas mit Musik oder der Musikbranche zu tun haben wollte.«

»Und das war auf dem Dachboden in seiner Villa?«, riet Bob.

»Ja«, sagte der Musiker. Er sah die drei ??? und Lisa Long mit einem bitteren Ausdruck in den Augen an. »Leute aus der zweiten Reihe verschwinden eben manchmal.«

»Und tauchen wieder auf!«, sagte Lisa plötzlich und klang dabei sehr bestimmt. »In diesem Fall, weil mein Großvater es in seinem Testament von mir verlangt hat. Und von Ihnen! Er wollte ja wohl offensichtlich, dass Sie noch einmal auf den Dachboden gehen und dort Oboe spielen.«

»Wozu soll das gut sein?«, murmelte Eddi Kane.

»Das gilt es herauszufinden, Sir«, meinte Justus.

»Ich schlage vor, wir alle begeben uns zusammen auf den Dachboden und Sie spielen dort noch einmal das Lied. Auf Ihrer Oboe, die bestimmt dort auf Sie wartet.«

»So ist es«, bestätigte Lisa. »Sie liegt wohlbehütet in einer schönen alten Glasvitrine.«

Peter sah den Musiker an. »Das ist das Vermächtnis und der letzte Wille von Fred Long. Und er war schließlich einmal Ihr Freund, auch wenn er sich jetzt nicht mehr persönlich bei Ihnen entschuldigen kann.«

Geistermusik

Das ehemalige Wohnhaus Fred Longs lag im Schatten der Bäume, die es umstanden, als Eddi Kane, Lisa Long und die drei ??? es erreichten. Sie hatten die vier Fahrräder auf einen Transporter geladen, den Mr Kane steuerte.

Als der alte Musiker die Toreinfahrt sah, bremste er unwillkürlich.

»Sie sollten jetzt keinen Rückzieher machen, Sir«, meinte Justus leise.

Eddi Kane nickte und fuhr durch die Einfahrt vor die Tür.

Lisa sprang aus dem Auto und steckte den Schlüssel ins Schloss. Dann rüttelte sie plötzlich an der Türklinke. »Die Tür hat sich verklemmt«, rief sie. »Das Schloss funktioniert nicht richtig.«

»Moment!« Peter sprang hinzu und zog seine Dietriche aus der Tasche. Damit hatte er bisher noch jedes Schloss geknackt. So auch diesmal.

»Bitte sehr!« Mit einem Lächeln hielt Peter Lisa Long die Tür auf. »Im Schlosszylinder muss sich irgendetwas verbogen haben. Das sollte schnell in Ordnung gebracht werden! Bis dahin benutzen Sie besser die Gartentür, um sich nicht auszusperren.«

Lisa Long nickte verwundert.

Justus sah Bob alarmiert an. »Ein Schloss verklemmt sich nicht von selbst«, flüsterte er ihm zu. »Augen aufhalten, Dritter! Vergessen wir nicht unsere nächtliche Geistererscheinung auf dem Schrottplatz. Vielleicht war die auch hier zugange?«

»Okay!«, bestätigte Bob.

Die kleine Gruppe stieg nun hinauf auf den Dachboden. Der zukünftige Museumsraum befand sich noch im Aufbau. Dort standen im Dämmerlicht ein Klavier, eine noch halb unter einem Tuch verdeckte Harfe, ein Schlagzeug, ein gewaltiger Kontrabass und auf einer Trommel lag eine Posaune.

»Von einer Oboe sehe ich hier aber nichts«, meinte Bob, als Lisa Long an einem Schalter das Licht anmachte. Der Raum lag jetzt von einer einzelnen Glühbirne schwach erhellt vor den drei ???.

Lisa drehte sich zu einer alten Glasvitrine um und wollte eben etwas sagen, als sie erstarrte.

»Sie ist weg!«, keuchte sie. »Die Oboe! Sie lag dort, seit ich mich erinnern kann.«

Peter trat näher an die Vitrine und zeigte auf ein gerahmtes Foto, das darin stand. Darauf waren ein Mann mit einer Oboe in den Händen und ein zweiter an einem Flügel zu sehen, die beide in die Kamera strahlten.

»Das sind Sie, Mr Kane. Nur etwas jünger. Zusammen mit Fred Long, nehme ich an?«

Eddi Kane trat neben Peter. »Ja«, nickte er. »Und das ist meine Oboe.« Er sah sich um. »Aber wo soll sie denn hin sein, wenn sie immer hier war? Ein Instrument verschwindet doch nicht einfach so.«

Die Worte des Musikers waren kaum verhallt, als ein schreckliches Schrillen den Raum erfüllte. Im selben Moment tauchte eine vermummte Gestalt auf.

»Da ist es wieder!«, schrie Peter. »Die Geistermusik! Und der Geist!«

Die drei ??? sahen, wie das verhüllte Wesen eine Oboe über sich schwang wie ein Schwert. Dazu schrillte es so laut, dass ihnen nahezu Hören und Sehen verging.

Nicht aber Lisa Long.

Fred Longs Enkelin wirbelte herum und griff sich die Posaune, die auf der Trommel lag. Dabei brüllte sie aus Leibeskräften: »Keine Angst! Das ist ein Schrill-Alarm! Das kenne ich! Ich hatte als Kind so etwas auf dem Schulweg dabei, für den Fall, dass mir jemand zu nahe kommt! Das ist nur ein Alarmgerät! Und darum Ton gegen Ton!«

Lisa setzte die Posaune an die Lippen, um der Gestalt einen lauten Ton ins Gesicht zu blasen, der es in sich hatte.

Das ließ sich Peter nicht zweimal sagen. »Nicht schon wieder!«, rief er, hob die Trommel hoch und schlug wie ein Berserker dicht neben dem Kopf der Gestalt auf die Trommel ein.

Sofort sprang Bob hinzu und ließ die Hände über die Klaviertasten fliegen. Für einen Augenblick torkelte die Gestalt, vom Lärm überrascht, benommen umher. Justus warf sich auf sie. Er entriss ihr die Oboe und streckte sie Eddi Kane entgegen, der das Instrument packte. Dann riss Justus der Gestalt das Tuch, unter dem sie sich verbarg, vom Körper.

Vor ihnen stand die Produzentin Susan Sevilla. Wütend starrte sie die drei ??? und ihre Begleiter an. »Verflucht! Verdammt! Und ich war so nah dran!« Sie schwenkte ein kleines Gerät in der Hand, aus dem der schrille Alarmton kam.

Justus zog es ihr weg und machte es aus.

In die plötzliche Stille zischte Susan Sevilla noch einmal: »Ich war so nah dran!«

»Wo dran?«, fragte Justus.

»An der Goldenen Schallplatte«, schäumte die Musikproduzentin. »Sie muss hier irgendwo sein. Versteckt! Und das hat irgendwas mit der Oboe zu tun. Warum sollte Eddi Kane sonst diesen Brief bekommen haben?«

»Und woher wussten Sie, dass der Brief für ihn bestimmt war?«, wollte Bob wissen.

Susan Sevilla lächelte herablassend. »Ich habe ihn natürlich erkannt, als ich in der Musikschule war. Ich habe mehrere alte Fotos von ihm in der Firma. Der weiße Flügel und ein bekanntes Gesicht, da musste ich doch nur noch eins und eins zusammenzählen.«

Justus nickte. »Genau das dachte ich mir. Und ich bin der Meinung, dass Sie vollkommen richtig geschlussfolgert haben!«, sagte er dann. »Mr Kane, wenn wir Sie also bitten dürften?«

Der ehemalige Partner von Fred Long sah auf das Instrument. Dann nahm er es, setzte das Mundstück zwischen die Lippen, befeuchtete es und blies in die Oboe hinein.

Doch kein Ton kam heraus. Stattdessen breitete sich auf Eddi Kanes Gesicht ein breites Grinsen aus. »Da steckt was drin«, verkündete er. »Dass ich das vergessen hatte! Den Scherz hat Fred neben seinen Wörtern aus Noten auch gerne mit mir gemacht. Er hat Papier zusammengerollt und es in die Oboe gesteckt. Und ehe ich spielen konnte, musste ich es immer rausziehen.«

Mit schnellen Bewegungen zog Eddi Kane die drei Teile des Instruments auseinander und fischte vorsichtig ein schmal zusammengerolltes Papier aus dem Inneren des längsten Teilstücks hervor.

Er reichte es Justus: »Hier, ihr habt das alles rausgefunden, lies du es bitte vor.«

Justus entrollte das Papier. Es war eng beschrieben.

»*Mein alter Freund*«, begann Justus dann zu lesen. »*Ich habe mich blenden lassen vom Ruhm und unsere Freundschaft verraten. Das kann ich nie wieder gutmachen, denn das Lied ›Nie zu spät‹ gehört uns beiden. Auch wenn sie spät kommt, als Entschuldigung nimm bitte die Goldene Schallplatte an. Sie liegt von der Tür aus unter der dritten Diele des Dachbodens versteckt. Es ist die erste Goldene Schallplatte, die je in den USA verliehen wurde, und ich bitte dich, mach damit, was du willst. Wenn du sie verkaufst, wird sie dir genug Geld ein-*

bringen, um damit viel Schönes anzustellen. Wenn du sie behältst, wird sie dir den Rest deines Lebens Freude bereiten. Keep rocking, Eddi. Fred Long.«

Justus ließ das Blatt sinken.

Eddi Kane zögerte nicht. Er ging zu der beschriebenen Bodendiele. Sie war lose und er konnte sie leicht anheben. Dann zog er darunter die Goldene Schallplatte hervor.

Plötzlich wurden seine Gesichtszüge weich.

»Wie kann ich euch danken?«, fragte er die drei ???. »Das hier bedeutet mir sehr viel. Sehr, sehr viel! Es beweist mir, dass Fred mich im Grunde seines Herzens nie vergessen hat. Und es macht vieles wieder gut. Wir haben recht behalten mit unserem Song: ›Nie zu spät‹.«

Justus lächelte Eddi Kane zu. »Helfen Sie uns, Miss Sevilla zu Kommissar Reynolds auf die Wache zu bringen. Sie wird sich dort für mehrere Einbrüche zu verantworten haben.« Er blickte zur Produzentin. »Allerdings, eins möchte ich doch noch gerne wissen. Wie haben Sie das alles rausgefunden? Wie sind Sie auf den Dachboden gekommen und auf die vier Noten, die Sie nachts auf dem Schrottplatz angeschlagen haben?«

Susan Sevilla biss sich auf die Lippen. Dann murmelte sie achselzuckend: »Ich habe nicht nur alte Fotos von Mr Kane in der Firma, sondern natürlich auch einige der beiden Musiker zusammen. Eins zeigt sie in jungen Jahren hier oben. Das, zusammen mit dem Brief im Testament, hat mir den Ort –

den Dachboden – verraten. So wie euch ja offensichtlich auch.«

Justus nickte. »Sie waren uns ebenbürtig.«

Susan Sevilla schluckte. »Ich kannte aus Erzählungen meines Großvaters Fred Longs Leidenschaft, Worte mit Noten wiederzugeben. Er hat meinen Großvater auf diese Art einmal ›sechsfaches Schiss-Schaf‹ genannt, als der ein Lied nicht rausbringen wollte.« Sie schüttelte den Kopf. »Aber mein ganzes Wissen hat mir nichts geholfen. Hier oben bin ich am Ende alleine nicht weitergekommen.«

»Deswegen war das Schloss kaputt«, meinte Bob. »Sie wollten sich Zeit verschaffen.«

»Sie hat nicht gereicht«, sagte die Produzentin. »Wenn ich nur gewusst hätte, dass ich einfach die Oboe auseinanderbauen muss. Aber ich habe den Stimmring ja nie zu Gesicht bekommen ...«

»Der fehlende Hinweis!«, sagte Peter.

Die Produzentin sah die drei ??? an. »Die Schallplatte hätte mir eine Riesensumme eingebracht. Aber ihr seid mir am Ende doch zuvorgekommen.«

Justus nickte. »Gutes Timing gehört zu guter Detektivarbeit wie zu guter Musik.« Er wandte sich Eddi Kane zu: »Und was gute Musik angeht, wäre da noch etwas gleich morgen früh ...« Leise brachte Justus seine Bitte vor.

Eddi Kane nickte. »Natürlich!« Dann nahm er seine Oboe und setzte sie wieder zusammen. »Du kommst auch mit«, sagte er zufrieden.

Als Tante Mathilda am kommenden Morgen erwachte, schien ihr die Sonne freundlich ins Gesicht. Mathilda Jonas lächelte. Ich habe Geburtstag, dachte sie gut gelaunt, da werde ich gleich mal den Kirschkuchen auf den Tisch bringen, den ich gestern Abend noch gebacken habe. Und ich glaube, er ist mir besonders gut gelungen.

Voller Tatendrang lief sie in die Küche, als sie plötzlich eine wunderschöne Musik von draußen hörte. Es klang wie ein Klavier. Und zu diesem Klavierspiel mischte sich noch etwas, ein munteres Blasinstrument, das eine beschwingte, fröhliche

Musik verbreitete. Erstaunt trat Tante Mathilda auf die Veranda.

Mitten auf dem Schrottplatz saß Titus an einem weißen Flügel und spielte. Neben ihm stand ein stattlicher älterer Mann mit einer schwarzen Oboe und wiegte sich im Takt der Musik.

Justus, Peter und Bob hatten auf ihren Einsatz gewartet. Nun begannen sie zusammen mit Onkel Titus zu singen:

»In einer von Schrottbergen umgebenen Hütte,
wo nichts in der Zeit vergeht,
lebt der mir liebste Mensch,
mit dem jede Sorge des Lebens ich übersteh'.«

Titus Jonas lächelte seiner Frau zu und swingte zusammen mit Eddi Kane fröhlich weiter.

Die drei ??? sahen dem Auftritt mit leuchtenden Augen zu. Und kaum war die letzte Note verklungen, rief Justus: »Und jetzt ein Geburtstagskuss!«

Onkel Titus sah Tante Mathilda freudestrahlend an. Dazu zwitscherte die Oboe einen lustigen Schlussakkord.

»Richtig, Justus!« Der Schrotthändler sprang auf, lief auf Tante Mathilda zu und nahm sie fest in die Arme. Justus grinste Bob und Peter an. »Das war jetzt aber sehr viel besser als schrille Geistermusik!«

»Oh ja, Just!«, flüsterte Peter. »Und riecht ihr auch, was ich rieche?«

»In der Tat«, pflichtete ihm Eddi Kane bei. »Da liegt ein extrem köstlicher Duft in der Luft. Irgendwie süß und nach Kirschen ... Was ist das nur?«

»Kirschkuchen«, seufzte Justus. »Kirschkuchen von Tante Mathilda! Es gibt keinen besseren in ganz Rocky Beach. Und ich wette, an ihrem Geburtstag schmeckt er noch besser als sonst!«

Er zog ein großes Einmachglas hinter dem Rücken hervor, in dem eine bunte Lichterkette zwischen vielen Muscheln funkelte. »Das ist von uns für dich, Tante Mathilda!«, rief er strahlend.

»Oh, noch ein Geburtstagsgeschenk!«, rief Tante Mathilda. »Und was für ein schönes! Ich danke euch allen, meine Lieben! Das war der schönste Geburtstagsmorgen meines Lebens! Und jetzt zu Tisch, wenn ich bitten darf! Dort wartet mein Geschenk für euch! Ein frischer Geburtstagskirschkuchen!«

Das ließen sich die drei ??? nicht zweimal sagen. Im Handumdrehen saßen sie mit Tante Mathilda, Onkel Titus und einem fröhlich lächelnden Eddi Kane am Tisch und ließen es sich schmecken.

BORIS PFEIFFER ist 1964 geboren, im selben Jahr wie *Die drei ???*. Er arbeitete zunächst als Theaterregisseur und studierte Drehbuchschreiben. Neben zahlreichen *Die drei ??? Kids*-Bänden hat er *Unsichtbar und trotzdem da!*, *Die Akademie der Abenteuer*, *Das Wilde Pack* und einige Jugendromane geschrieben. Seine Bücher sind bislang in acht Sprachen übersetzt. Seit 2012 gibt es in Eberswalde die *Boris-Pfeiffer-Schulbibliothek*. Zusammen mit den Kids-Clubs der deutschen Fußballbundesliga, der Stiftung Fairchance und den Berliner Schulpaten setzt er sich für die Verbesserung der Lesefähigkeiten von Kindern ein. Mehr über Boris findest du unter **borispfeiffer.de**

STEFANI KAMPMANN zeichnete schon als Kind gerne und überall. Als Illustratorin setzte sie zahlreiche Kinder und Jugendbücher um, auch zwei Graphic Novels entstanden. Außerdem gibt sie Workshops im Erzählen von Comic-Geschichten für Jugendliche. Die Reihe *Unsichtbar und trotzdem da!* wurde von ihr illustriert, und seit 2016 trägt sie zur Entstehung von *Die drei ??? Kids* bei. Mehr über Stefani Kampmann findest du unter **stefanikampmann.de**